Ein Zuhause Finden

Finding 1

Sloane Kennedy

Ein Zuhause finden

„Ich habe alles falsch gemacht, Finn. Vom ersten Tag an. Ich dachte, es wäre der einzige Weg, mit dir zusammen zu sein und deiner noch würdig zu sein. Aber jetzt erkenne ich, dass ich das nie war." – Callan.

Rache. Das ist alles, woran der Ex-Cop Rhys Tellar denken kann, und er hat jeden einzelnen Tag seiner zweijährigen Gefängnisstrafe damit verbracht, einen Plan auszuhecken, um seinen früheren Geliebten und Partner zur Strecke zu bringen. Der hat ihn betrogen und dabei den Tod von vier Menschen verursacht. Seine sechsmonatige Bewährungszeit auf der CB Bar Ranch im Südwesten von Montana zu verbringen hätte ganz einfach sein sollen, doch Rhys hat nicht mit den Gefühlen gerechnet, die er für den charismatischen Ranchhelfer, mit dem er sich anfreundet, und den verschlossenen Vorarbeiter, der vorgibt, etwas zu sein, das er nicht ist, entwickelt.

Eine Zukunft. Das ist, was Finn Stewart will, aber dafür muss er den einen Mann verlassen, den er mehr als jeden anderen begehrt: seinen völlig heterosexuellen Boss und besten Freund, Callan Bale. Als der einzige offen schwule Mann in einer kleinen, homophoben

Gemeinde, muss Finn jeden Tag kämpfen, um sein zu können, wer er ist. Einfach alles hinter sich zu lassen scheint allmählich die beste Entscheidung zu sein – jedenfalls bis Rhys Tellar auftaucht und alles verändert.

Eine Lüge. Callan Bale hat sein ganzes Leben lang versteckt, wer er wirklich ist, und das wird ihn die einzige Person kosten, der es gelungen ist, sich einen Weg durch die Mauern zu bahnen, die Callan jahrelang um sein Herz herum errichtet hat. Doch sich für Finn zu entscheiden würde bedeuten, alles aufzugeben, für das er gearbeitet hat, und sein Versprechen zu brechen. Finn an Rhys zu verlieren würde aber zumindest bedeuten, dass der junge Mann das Leben führen kann, das er verdient.

Drei Männer. Drei Entscheidungen. Eine Chance, ein Zuhause zu finden.

Die Originalausgabe erschien unter dem Titel „Finding Home"

Copyright © der Originalausgabe: Sloane Kennedy, 2015

Copyright © der deutschsprachigen Ausgabe: Sloane Kennedy, 2018

Cover Image: © Ren Saliba

Cover Design: © Cate Ashwood Designs

URHEBERRECHTLICH GESCHÜTZT:

Dieses Buch darf ohne vorherige eindeutige schriftliche Zustimmung des Urheberrechtsinhabers in keinerlei Form, weder ganz noch auszugsweise, vervielfältigt und / oder vertrieben werden. Dies beinhaltet auch die elektronische und fotografische Vervielfältigung sowie zukünftig entwickelte Methoden. Ebenso ist die kostenlose Weitergabe dieses Buches, beispielsweise über sogenannte File-Sharing Sites ausdrücklich untersagt.

Alle in diesem Buch vorkommenden Personen und Handlungen sind frei erfunden. Jegliche Ähnlichkeit zu realen, lebenden oder verstorbenen Personen ist rein zufällig. Sofern Namen real existierender Personen und Orte verwendet werden, geschieht dies in einem rein fiktiven Zusammenhang.

ISBN: 9798356241239

Kapitel Eins

Rhys Tellar starrte auf den eisernen Bogen über ihm und verzog das Gesicht. Willkommen am Arsch der Welt, Montana. Das war es also, wo Ehrlichkeit und das Spielen nach den Regeln ihn hingeführt hatten - zu einem trockenen, staubigen Stück Scheiß-Land, das im Schatten der Rocky Mountains lag. Er sah keine Kühe, aber er konnte sie verdammt nochmal *riechen*, als der Wind sich drehte und eine heiße, stickige Böe noch mehr Sand auf seine schweißgetränkte Haut blies. Der Mann, mit dem er hergefahren war, hatte ihm gesagt, die Ranch läge eine Meile hinter der Pforte und er betete zu Gott, dass das rostige Stück Metall, das mit den Initialen CB versehen über seinem Kopf hing, ein Zeichen dafür war, dass es in seiner nahen Zukunft eine kalte Dusche und eine warme Mahlzeit geben würde. Scheiße, es musste nicht einmal in dieser Reihenfolge sein.

Er verfluchte seinen Bewährungshelfer zum hundertsten Mal, als er den langen Weg über die Schotterstraße antrat. Frank Pettit hatte geschworen, an diesem Ort wäre man eher bereit, ohne viele Fragen einen Ex-Knacki einzustellen, obwohl er sich nicht sicher war, was das über den Mann aussagte, der den Laden führte. Wenn es stimmte, was der Kerl, der ihn mitgenommen hatte, gesagt hatte, war der Besitzer der CB Bar Ranch ein großes Arschloch, das es sich mit den meisten Leuten in der Kleinstadt Dare versaut hatte und einen Neuankömmling wahrscheinlich ebenso gut mit einer Schrotflinte anstatt eines Händedrucks begrüßen würde.

Aber es war nicht so, als ob Rhys viele Möglichkeiten hätte. Er war in den sechs Wochen, seit er aus dem Gefängnis raus war, bereits durch drei Jobs gerauscht und es war einzig die Tatsache, dass Frank und er früher mal eine persönliche Beziehung gehabt hatten, die es ihm ermöglicht hatte, Illinois während seiner Bewährungszeit zu verlassen. Ein ehemaliger Polizist zu sein, hatte ihm vor dem Bewährungsausschuss keinen Gefallen getan, aber Franks Ruf war seine Rettung gewesen und der ältere Mann hatte jeden ihm geschuldeten Gefallen eingefordert, um Rhys aus dem Staat rauszukriegen. Wenn Rhys jetzt noch sein Temperament lange genug unter Kontrolle halten konnte, um einen Job in der aufregenden Welt der Viehzucht zu bekommen, könnte er vielleicht beginnen, sein Leben wieder auf Kurs zu bringen. Er musste nur sechs Monate in diesem Höllenloch durchstehen, dann wäre alles vergeben und vergessen und er würde als allererstes seinen Arsch zurück nach Chicago bewegen, um ein paar alte Rechnungen zu begleichen.

Rhys hievte seinen Seesack über die Schulter, ohne darauf zu achten, dass seine Jeans an all den falschen Stellen zu kleben begann. Als er das Geräusch eines Motors hinter sich hörte, drehte er sich um und sah einen alten, verbeulten roten Pickup-Truck aus den 70er Jahren die Straße entlang rumpeln. Er konnte den Fahrer nicht erkennen, wollte aber vor Freude schreien, als der Lastwagen zu einem Kriechen verlangsamte und dann schließlich neben ihm stoppte. Das Beifahrerfenster war offen - ein sicheres Zeichen, dass eine Klimaanlage wahrscheinlich zu viel verlangt wäre - also beugte er sich vor und wischte sich mit dem Ärmel seines Hemdes den Schweiß von der Stirn.

„Hey-", begann er, verstummte dann aber, als er die Erscheinung auf dem Fahrersitz erblickte. Zerzauste blonde Haare, die von dunkleren Strähnen aus Gold durchzogen waren, blaue Augen, feste Lippen - und jung ... viel zu verdammt jung.

„Hallo", sagte der junge Mann, der sich offenbar nicht bewusst war, wie sehr Rhys innerlich sabberte. „Brauchste 'ne Mitfahrgelegenheit zur Ranch?"

Rhys nickte. Er traute seiner Zunge noch nicht ganz, zumal die ein gewisses Eigenleben besaß und nichts mehr wollte, als die schlanke, glatte Kehle des Kerls zu erkunden.

„Spring rein", sagte der mit einem Lächeln. Ein guter Junge vom Land. Rhys warf seine Tasche auf die Ladefläche des Trucks, bevor er auf den Sitz neben dem Mann kletterte.

„Ich bin Finn", sagte der Mann, als er seine Hand ausstreckte.

Rhys ergriff sie und hielt sie ein wenig länger fest als nötig, während er das Prickeln genoss, wo ihre Haut sich berührte. Finn schien es zu bemerken, denn seine Lippen öffneten sich ganz leicht und ein Hauch von Luft entwich seinem Mund, bevor er sich befreite.

„Rhys Tellar", sagte Rhys und verbarg ein wissendes Lächeln. Wenn der Junge nicht schwul war, war er auf jeden Fall neugierig und das hatte Rhys' Schwanz auch bemerkt. Er änderte schnell seine Liste von vorhin mit seinem Wunsch nach Essen und einer kalten Dusche. Finns perfekter Mund um seinen Schwanz sprang an die Spitze der Liste. Der junge Mann bemühte sich, einen Gang einzulegen, und Rhys rutschte herum in dem Versuch, sich etwas mehr Platz in seiner Jeans zu verschaffen.

„Was bringt dich auf die CB Bar Ranch, Rhys?", fragte Finn nervös, als er auf das Gaspedal trat und der Truck einen Satz nach vorn machte. Gott, die Nervosität dieses Kerlchens machte Rhys nur noch mehr an, weil er wusste, wie empfänglich das den jungen Mann machen würde.

„Ein Job, hoffentlich", antwortete Rhys. Seine Augen scannten Finn, sahen das verblasste Cowboyhemd, die abgetragene Jeans und Cowboystiefel. Da lag sogar ein verdammter Cowboy-Hut auf dem Sitz zwischen ihnen. Ein Klischee, aber sexy, und Rhys konnte nicht erwarten, sich daran zu erfreuen. „Arbeitest du hier?", fragte er.

Finn nickte und Rhys entging nicht der stolze Ausdruck, der dabei über das Gesicht des anderen Mannes glitt. „Seit fast sechs Jahren schon."

Damit war der Junge eindeutig mehr als alt genug für das, was Rhys im Sinn hatte, realisierte er glücklich. Er streckte seinen Arm über die Rückenlehne der Sitzbank aus und fragte sich, ob Finns Haar so weich war, wie es aussah. Würde er schreien, wenn Rhys es festhielt, während er ihn von hinten fickte?

„Du bist also ein echter, leibhaftiger Cowboy", bemerkte Rhys.

Finn lachte und sagte: „Ich denke schon."

„Du bist also gut im Reiten."

Finn lachte tatsächlich so heftig, dass er den Wagen zum Stehen bringen musste. „Wirklich?", fragte er, als er Rhys ansah. „Das ist die beste Anmache, mit der ein Kerl wie du aufwarten kann?"

Es war wirklich ziemlich lahm gewesen und Rhys musste lächeln. „Ich denke schon", sagte er gutmütig und entspannte sich dann. Wenigstens hatte er jetzt den Beweis, den er brauchte, dass er und Finn mindestens ein wichtiges Detail gemeinsam hatten.

Finn brachte den Wagen wieder in Gang. „Du musst aus der Stadt sein", sagte er, als er Rhys von oben bis unten musterte. Gott, es fühlte sich an wie eine verdammte Liebkosung.

„So offensichtlich?"

Finn lächelte nur. „Ich vermute mal New York? Militär? Polizist?"

„Chicago und ja zu beidem. War bei zwei Einsätzen im Irak und bin dann der Polizeiakademie beigetreten. Woher weißt du das?"

Achselzuckend antwortete Finn: „Du hast diesen Ausdruck in deinen Augen. Den, den Männer bekommen, wenn sie zu früh zu viel gesehen haben. Du bist was, Ende zwanzig?"

Rhys nickte.

„Die Augen eines alten Mannes, der Körper eines jungen, und du flirtest schlechter als Ronny Elks, der erste Junge, den ich geküsst habe, als ich vierzehn war. Verdammt schade", sagte Finn mit einem Lächeln.

„Wie ist es für dich und Ronny gelaufen?"

„Er hat die Chefin der Cheerleader-Gruppe geheiratet, nachdem er sie im Junior-Jahr geschwängert hatte. Der hat sich so sehr davon überzeugt, hetero zu sein, dass er es wohl niemals schnallen wird, denke ich."

Rhys befingerte den Cowboy-Hut zwischen ihnen. Es war das erste Mal, seit er sich erinnern konnte, dass das Gespräch mit einem anderen Mann einfach nur das war - ein Gespräch.

„War es wenigstens ein guter Kuss?"

Finn blickte ihn mit einem schüchternen Lächeln an und nickte.

„Also ich denke, es gibt noch Hoffnung für mich", sagte Rhys.

„Ich denke schon", sagte Finn mit einem Grinsen. „Wir sind da."

Rhys stieg aus dem Wagen und sah sich um. Finn hatte vor dem Stall geparkt anstatt weiter den Hügel hinauf, wo ein altes Ranchhaus stand. Die kleine Scheune war mit einer verblichenen roten Farbe gestrichen. Auf der linken Seite standen ein paar kleine Hütten, die in einem nicht wesentlich besseren Zustand als der Rest der Ranch waren. Hinter dem Stall war eine große, runde Koppel und dahinter lag eine weitläufige Weide, wo ein paar Pferde friedlich auf den kleinen Stellen weideten, an denen grünes Gras zwischen den trockenen Büschen wuchs. Rhys wusste absolut nichts über Ranches, Pferde oder Kühe, aber selbst er konnte sagen, dass der Laden hier gerade noch so lief.

„Ich weiß, dass es nicht nach viel aussieht, aber Cal bringt es langsam wieder in Schuss", sagte Finn abwehrend.

„Cal?"

„Callan Bale."

Rhys erinnerte sich an die Initialen über der Einfahrt zur Ranch, wo er noch vor wenigen Minuten gestanden hatte. „Richtig, der Eigentümer."

„Der Sohn des Eigentümers. Carter Bale gehört die Ranch. Cal ist der Vorarbeiter", sagte Finn. „Komm, ich werde dich ihm vorstellen."

Sie gingen durch die offene Tür des Stalls und Rhys wurde sofort von dem Geruch nach Heu und Mist überfallen. Alle Boxen waren leer.

„Ich dachte, das wäre eine Kuh-Ranch."

„Lass dich nicht von Cal erwischen, wie du sie Kühe nennst. Es heißt Vieh", sagte Finn mit einem Grinsen. Rhys folgte Finn aus der hinteren Tür des Stalls zu einem kleinen, kreisförmigen Paddock, in dessen Mitte ein dunkelbraunes Pferd stand, das einen Sattel auf dem Rücken trug. Ein Mann war dabei, etwas auf der anderen Seite des Tieres zu tun, und Rhys konnte hören, wie er in einem beruhigenden Ton auf das Pferd einredete. Er hatte keine Ahnung, wie die Worte lauteten, aber die heisere Stimme machte etwas mit seinem Inneren.

„Er reitet ihn ein", sagte Finn, auf den Mann und das Pferd deutend.

Rhys musste verwirrt ausgesehen haben, denn Finn lächelte geduldig. „Er bringt ihm bei, das Zeug zu akzeptieren – das Zaumzeug und den Sattel – damit er geritten werden kann. Cal hat Astro letzten Monat bei einer Auktion gefunden. Der Vorbesitzer konnte nicht mit ihm umgehen – der hatte sich nicht einmal die Mühe gemacht zu versuchen, ihn einzureiten, als er jünger war. Hat ihn einfach in einen Stall gestellt und dann ignoriert."

Sie beobachteten, wie Callan um das Pferd herumkam und seine großen Hände über den Körper des Tieres strichen. Rhys hatte keinen guten Blick auf die Vorderseite des anderen Mannes bekommen, aber sein Rücken erwies sich als ein beeindruckender Anblick. Der Mann war groß, mindestens eins siebenundachtzig, und schwer gebaut. Selbst mit dem Arbeitshemd konnte Rhys breite Schultern sehen, eine schmale Taille, einen perfekten Arsch, der in ausgebleichten Denim-Stoff gehüllt war, und kräftige Oberschenkel. Schwarzes Haar ragte unter dem braunen Cowboyhut hervor.

Callan sprach weiter auf das Pferd ein, als er begann, den Sattel-

gurt zu lösen. Ein paar Sekunden später hielt er das schwer ausse-
hende Ding in einer Hand und führte das Pferd mit der anderen. Er
drehte sich um und begann auf sie zuzugehen.

Rhys spürte, wie sein Körper sich vor Verlangen verkrampfte, als
graublaue Augen seinen begegneten. Der Mann bewegte sich mit
anmutiger, selbstbewusster Kraft, und als er den Zaun erreichte, hob
er den Sattel hoch, als würde der nichts wiegen. Dicke, lange Finger
ruhten auf dem Hals des Pferdes, als der Vorarbeiter seine Aufmerksamkeit auf Finn richtete.

„Hast du den Draht gekriegt?"

„Ja, ist im Truck." Finn zappelte etwas herum.

Er verbarg etwas, aber anscheinend erkannte sein Chef, was los
war, denn er sagte: „Was?"

Finn schien Mühe zu haben, Callans Blick zu begegnen. Schließlich gab er zu: „Ich musste nach Hamilton fahren, um ihn zu
bekommen."

„Hurensohn!", knurrte Callan, als er sich abwandte und das
Pferd aus dem Paddock führte.

„Hamilton?", fragte Rhys.

„Die übernächste Stadt - etwa dreißig Meilen entfernt", sagte
Finn leise.

Rhys wusste, dass mehr an dieser Geschichte dran war, entschied
sich aber, den Mund zu halten. Ging ihn sowieso nichts an. Er
musste sich nur für die nächsten sechs Monate aus allem Ärger raus-
halten, und der beste Weg, das zu tun, war, seine Gedanken für sich
zu behalten.

Callan stolzierte an ihnen vorbei, das Pferd im Schlepptau. Er
hielt kurz vor dem Stall an und band das Pferd an einen Pfosten,
dann hob er den Schlauch in der Nähe auf und fing an, das Tier zu
waschen.

„Ich habe dir gesagt, dass das passieren würde, Cal", begann
Finn.

„Nicht, Finn. Lass es einfach!", antwortete Callan wütend.

„Ich hab mit einem der Ranchhelfer von diesem neuen Laden

drüben in Corvallis geredet. Er sagte, sie würden sich über Arbeiter freuen und da keiner von ihnen über mich Bescheid weiß ...", begann Finn.

Callan ließ den Schlauch fallen, ging rüber zu Finn und packte ihn am Arm. „Diese Ranch ist dein Zuhause und die kleinkarierten, homophoben Feiglinge aus der Stadt sind ein Stück Scheiße und werden dich nicht vertreiben. Verstehst du mich?" Callan schrie fast. Rhys entging nicht die Lust, die in Finns Augen aufblitzte, als er dem größeren Mann so nahe war. Der Junge stand also auf seinen Chef. Finn nickte nur und Callan ließ ihn los und machte sich wieder daran, das Pferd zu waschen.

„Cal, das ist Rhys Tellar", sagte Finn schließlich, als ob er sich gerade erst an Rhys erinnern würde.

„Du bist Franks Freund, nicht wahr?", fragte Callan.

Rhys versuchte immer noch, die Informationen zusammenzusetzen, die er gerade aus Finn und Callans Gespräch herausgelesen hatte. Hatte Finn tatsächlich in eine andere Stadt fahren müssen, um Material zu kaufen, weil die Menschen in der Stadt Dare sich weigerten, einem homosexuellen Mann etwas zu verkaufen? In was für einen beschissenen hinterwäldlerischen Ort hatte Frank ihn geschickt?

„Ja", gelang es Rhys zu sagen, als Callan ihn schließlich mit offensichtlichem Ärger über Rhys späte Antwort ansah.

„Hast du jemals zuvor mit Vieh gearbeitet?"

„Nein", antwortete Rhys.

„Pferde?"

„Nein", sagte Rhys, als er sich auf die Ablehnung vorbereitete, die folgen würde.

Callan band das Pferd los und begann, es in den Stall zu bringen. „Finn, führ ihn herum und lass ihn in den Boxen anfangen, dann komm zu mir und pack bei dem Zaun mit an."

Kapitel Zwei

Rhys fühlte, wie jeder Muskel brannte, als er den letzten Haufen Scheiße in die Schubkarre geschaufelt hatte und ihn zu dem Berg aus dampfendem, stinkendem Mist hinter dem Stall brachte. Polizist zu sein hatte bedeutet, dass er in Form bleiben musste und Fitnesstraining war das Einzige, was ihn in seiner winzigen Gefängniszelle davon abgehalten hatte, verrückt zu werden, also hatte er gedacht, ein wenig körperliche Arbeit würde ihn nicht umbringen. Aber bei dieser Gluthitze zusammen mit der Knochenarbeit war er bereit, das Handtuch zu werfen und Frank mit der Bitte anzurufen, der Mann möge noch etwas anderes für ihn finden.

Finn war vor ein paar Stunden gegangen, nachdem er Rys eine kurze Führung gegeben hatte und dann eine knappe Erklärung, wie man Boxen ausmistete und Heuballen von dem Anhänger draußen lud. Das Einzige, was ihn weitermachen ließ, war das Wissen, dass er heute Abend eines der beiden kleinen Häuschen mit dem sehr heißen, sehr fickbaren Finn teilen würde. Dessen schlanker, durchtrainierter Körper würde perfekt unter seinen passen, während er mit tiefen, langsamen Stößen in ihn hinein und aus ihm ...

„Bist du fertig?"

Finns Stimme riss ihn aus seinen Gedanken. „Was?", fragte er dümmlich, als er versuchte, seine wachsende Erektion unter Kontrolle zu bekommen, bevor er sich umdrehen und den anderen Mann ansehen musste.

„Ich fragte, ob du fertig bist?"

„Ähm, ja, muss nur noch die letzte Box einstreuen", sagte er, als er vorgab, zu versuchen, den letzten Rest Scheiße aus der bereits leeren Schubkarre zu bekommen.

„Ich werde mich darum kümmern", hörte er Finn sagen.

Als Rhys schließlich zurück in den Stall kam, war Finn gerade dabei, frisches Stroh in der Box zu verteilen. Rhys stellte die Schubkarre weg und stand dann im Eingangsbereich der Box und sah dem anderen Mann bei der Arbeit zu. Er war etwas kleiner als Rhys mit seinen eins achtzig und gebaut wie ein Schwimmer mit langen, klaren Linien. Seine Haut war golden von der täglichen Arbeit unter der heißen Sonne Montanas.

„Also, was sollte das alles vorhin? Mit Hamilton?", fragte Rhys. Finn blickte auf. Seine blauen Augen wurden dunkel und Rhys bedauerte die Frage sofort.

„Dare ist nicht ganz so fortschrittlich eingestellt wie Chicago es wahrscheinlich ist", sagte Finn leise.

„An jedem Ort gibt es Hasser", antwortete Rhys.

„Ja, ich nehme an, das ist so. Aber in einer kleinen Stadt wie Dare, wo es einen Futtermittel-Laden gibt, einen Supermarkt, einen Baumarkt, eine Tankstelle ..." Finns Stimme brach ab.

„Du kannst nicht der einzige schwule Kerl an diesem Ort sein", sagte Rhys.

Finn beendete, was er tat, und wollte an Rhys vorbeigehen. Rhys streckte seinen Arm aus und zwang Finn, stehenzubleiben.

„Was ist passiert?", fragte Rhys leise.

Finn seufzte und lehnte sich gegen den Türrahmen, wobei seine Schulter Rhys' Hand streifte. Elektrische Spannung raste bei der leichten Berührung durch Rhys' Adern.

„Bin vor einer Weile erwischt worden wie ich mit dem Sohn des Bürgermeisters auf unserer High-School-Abschluss-Party rummachte. Er sagte allen, ich hätte versucht, ihn zu missbrauchen. Sein Vater versuchte sogar, mich verhaften zu lassen." Finn lehnte den Kopf zurück gegen das Holz und schloss die Augen. „Cal hat einen Freund, der für die State Patrol arbeitet, und der war in der Lage, die Sache mit der örtlichen Polizei zu bereinigen, aber die Stadt hält mich immer noch für einen Perversling. Seitdem bestrafen sie Cal dafür. Das Futterlager war der letzte Ort, wo ich immer noch Vorräte für die Ranch bekommen konnte, aber das hat sich jetzt auch erledigt."

„Guter Gott", murmelte Rhys.

„Ich weiß, dass ich diesen Job annehmen sollte", sagte Finn, als er die Augen öffnete und seinen Blick auf Rhys richtete. Gott, er war wirklich hübsch und Lust raste durch Rhys beim Anblick dieser weichen Lippen, die sich leicht öffneten, wenn Finn sprach. Rhys konnte sich nicht davon abhalten, sich so zu bewegen, dass sein Körper parallel zu Finns war und ein Arm verhinderte noch immer, dass Finn entkommen konnte. Er hörte Finn etwas Luft einsaugen, als Rhys seine Erektion gegen Finn reiben ließ, bevor er ein ganz klein wenig Abstand zwischen sie brachte.

„Aber du willst Callan nicht verlassen", flüsterte Rhys, als er mit seiner freien Hand über Finns Mund strich. Diese Lippen fühlten sich wie Seide unter seinen Fingern an, und er wollte ihn wirklich gerne kosten. „Du bist in ihn verliebt."

Finn versteifte sich bei Rhys' Beobachtung und versuchte zu entkommen, aber Rhys hielt ihn problemlos mit seinem Körper gefangen. Der Mann hörte sofort auf zu kämpfen, als er Rhys' Schwanz spürte, der gegen seinen drückte. Es störte Rhys, dass er auf einen Mann scharf war, der jemand anderen wollte, aber es war ja nicht so, als ob er auf Hochzeitsglocken aus wäre oder überhaupt etwas suchte, was über ein paar gute, harte Ficks hinausging. „Bist du nicht?", fragte Rhys. Er wollte hören, wie der Junge es zugab.

„Er ist hetero", sagte Finn schließlich.

Autsch. Armer Junge. Geoutet in einer Stadt voller Menschen, die ihn hassten, weil er war, wer er nun einmal war, und dann auch noch verliebt in einen Hetero-Mann. Allmählich begann er zuzustimmen, dass Finn Schadensbegrenzung betreiben und von diesem Ort verschwinden sollte.

„Aber du bist immer noch in ihn verliebt." Rhys strich mit seinem Daumen über Finns Unterlippe hin und her und stieß dann zischend den Atem aus, als Finn plötzlich sanft auf seinen Finger biss und ihn festhielt, während er mit der Zunge über die Spitze leckte.

Rhys rieb für einige lange Sekunden seinen Schwanz gegen Finns schwellenden Schaft und kam dann fast, als Finn den Finger in seinen Mund zog und fest daran saugte.

„Fuck", flüsterte Rhys, als er seinen Finger zurückzog, ernsthaft bereit, ihn mit seinen Lippen zu ersetzen.

„Finn!"

Rhys lehnte sich von Finn weg, der beim Klang von Callans Stimme blass wurde. Beide drehten sich zu dem zornigen Mann um, der in der Tür zum Stall stand, seinen wütenden Blick auf Finn gerichtet. „Hol die Pferde rein."

Finn lief rot an und verschwand schnell aus der Box und eilte durch die Hintertür hinaus.

„Mr. Tellar, kommen Sie mit mir."

Rhys ärgerte sich über den Befehl, folgte dem Mann aber nach draußen. Sie hielten in der Nähe des Pickup-Trucks an, den Finn zuvor gefahren hatte.

„Frank Pettit ist ein Freund von mir, als er mich um einen Gefallen bat, hatte ich also kein Problem damit, Ja zu sagen, weil ich seinem Urteil uneingeschränkt vertraue. Aber ich werde nicht zögern, Ihren Arsch wieder nach Chicago zu schicken, wenn Sie auch nur einen Finger an Finn legen!"

Der Mann hätte ihm ein Dutzend verschiedene Regeln nennen können, wegen denen er diesen Job verlieren könnte, und er wählte Finn? Interessant. Vielleicht war er mehr an dem jüngeren Mann interessiert als er sich anmerken ließ.

„Klingt, als ob Finn nicht viele Möglichkeiten in dieser Stadt hätte", sagte Rhys beiläufig.

„Er hat keine *guten* Möglichkeiten, Mr. Tellar. Und ich halte einen Ex-Sträfling, der einen Cop halb zu Tode geprügelt hat, auf jeden Fall nicht für eine gute Wahl."

Rhys war wütend über diese Aussage und kämpfte gegen den Drang an, dem anderen Mann eine runterzuhauen. „Sie wissen einen Scheißdreck über mich", brachte er hervor.

„Und ich brauche auch nichts zu wissen. Ich sagte Frank, dass ich Ihnen eine Chance gebe. Eine Chance. Meine Vermutung ist, dass Sie nicht einmal diese Woche durchstehen, bevor Sie es verbocken", sagte Callan kalt.

„Fick dich."

Callan grinste, als wären Rhys' defensive Worte nur noch mehr Beweis dafür, dass er recht hatte. „Es gibt ein Zimmer auf der Rückseite des Stalls. Sie werden dort schlafen statt im Personalquartier."

Callan begann, sich zu entfernen. „Sie haben uns gesehen, nicht wahr, Mr. Bale?" Als Callan stehen blieb, sich aber nicht umdrehte, sagte Rhys: „Haben Sie gesehen, was er mit seinem Mund gemacht hat?"

Rhys lächelte zufrieden, als Callan sich versteifte. Vielleicht war er nicht so hetero wie Finn es zu glauben schien. Der Gedanke war sowohl verstörend als auch faszinierend. „Wenn er Schwänze genauso gut lutscht wie er an meinem Finger-"

Bevor er seine Aussage beenden konnte, hatte Callan ihn heftig genug gegen den Truck gerammt, dass Rhys' Zähne aufeinanderschlugen.

„Pack deinen Scheißkram zusammen und mach, dass du verfickt nochmal hier wegkommst!"

„Er ist ein Erwachsener-"

„Er ist neunzehn, du Arschloch!"

Das ließ Rhys innehalten. „Er sagte, er würde hier schon seit sechs Jahren arbeiten."

„Sein Vater war der Vorarbeiter hier. Finn begann, vor und nach der Schule auszuhelfen, als er dreizehn Jahre alt war!", bellte Callan.

Rhys nutzte seine Kraft, um Callan zurück zu schieben, ein Schritt, den der andere Mann offenbar nicht erwartet hatte, denn sie beide erstarrten, als Rhys' Erektion die verräterische Härte in Callans Jeans streifte. Rhys hätte über den Steifen hinwegsehen können, wenn da nicht dieses rohe Verlangen gewesen wäre, das er in den Augen des anderen Mannes sah. Und innerhalb von nur einem Augenblick war die gleiche Lust, die ihn für Finn brennen ließ, zurück und auf diesen Mann gerichtet.

„Cal, lass ihn los." Callan gab ihn beim Klang von Finns Stimme sofort frei und brachte mehrere Meter Abstand zwischen sie. Rhys fragte sich, wie viel Finn gehört hatte. Er beobachtete geschockt, wie Callan seinen Cowboy-Hut abnahm und ihn lässig vor die Beule in seiner Hose hielt.

Finn erreichte sie und schien die sexuelle Spannung in der Luft nicht zu bemerken oder was Callan da mit dem Hut machte. „Du kannst das nicht mehr machen, Cal", sagte Finn traurig.

„Was machen?"

„Mich vor allem beschützen. Ich bin kein Kind mehr, trotz allem, was du denkst. Hör auf, mich wie eines zu behandeln."

„Finn-"

„Wenn er geht, gehe ich auch", sagte Finn fest, mit Blick in Rhys' Richtung.

Callan warf einen Blick über seine Schulter und Rhys konnte die Verachtung bis in seine Knochen spüren. „Er wird dich benutzen", stieß Callan hervor.

„Es ist meine Entscheidung."

Die Art, wie sie über ihn redeten, als wäre er überhaupt nicht dort, ärgerte Rhys und er bewegte sich an den beiden vorbei und in Richtung von Finns kleinem Haus. Er hatte sich nicht einmal die Mühe gemacht, auszupacken, bevor Finn ihn an die Arbeit beordert hatte, also brauchte er nur eine Minute, um seinen Seesack aus dem

Schrank in dem kleinen Schlafzimmer gegenüber von Finns zu holen.

„Es tut mir leid, ich wollte nicht, dass es klingt, als wäre ich auch der Meinung, dass du mich benutzen würdest", sagte Finn hinter ihm.

„Spielt keine Rolle. Ich hatte es ja vor", sagte Rhys, als er den Seesack über die Schulter hievte und sich zu Finn umdrehte, der gerade in der Tür stand.

„Du musst nicht gehen. Cal hat gesagt, du könntest bleiben", sagte Finn.

„Ich glaube nicht, dass das hier im Moment der beste Ort für mich ist", sagte Rhys und versuchte, sich an Finn vorbei zu drängen. Aber der junge Mann weigerte sich, aus dem Weg zu gehen.

„Du dachtest, ich wäre älter, nicht wahr?", sagte Finn. „Er sagte dir, dass ich neunzehn bin."

„Was hast du gehört?"

„Nur etwas Rumgeschreie. Als ich dazu kam, sah ich, dass er dich gegen den Truck gedrückt hatte." Der Junge hatte also nicht gehört, wie Rhys Callan provoziert hatte.

„Schau mal, Junge", begann Rhys, hielt aber inne, als Finns Miene düster wurde.

„Ich bin kein Junge mehr gewesen seit dem Tag, als mein Vater mir die Scheiße aus dem Leib geprügelt hat, weil er erfahren hatte, dass ich schwul bin!", rief Finn wütend. „Weißt du was? Fick dich! Fick Cal!", schrie er, bevor er in sein Zimmer verschwand und die Tür hinter sich zuschlug. Aber bevor Rhys auch nur verarbeiten konnte, was geschehen war, riss Finn die Tür wieder auf, kam über den Flur und packte Rhys am Hals, bevor er ihre Münder aufeinander presste.

Finns Zunge drückte gegen seine Lippen und er öffnete sofort den Mund und stöhnte, als dieser glatte, heiße Körperteil seine Zunge streichelte und umschlang. Finns lange Finger krümmten sich in seinem Haar und neigten Rhys' Kopf in dem Winkel, wie er ihn haben wollte, damit er tiefer eindringen konnte. Rhys ließ seinen

Seesack fallen und griff nach Finns Hüften. Aber Finn hatte andere Pläne. Er ließ Rhys schnell los und trat dann zurück. „Fick dich, Rhys", flüsterte er. Seine Stimme war traurig und rau. Die Endgültigkeit in seinem Ton brachte etwas tief in Rhys' Innerem dazu, sich zusammenzukrampfen, aber bevor er etwas sagen konnte, ging Finn in sein Zimmer zurück und schloss die Tür. Das Geräusch, als das Schloss verriegelt wurde, war viel zu laut in seinen Ohren.

Kapitel Drei

Gott, er hätte den Mann niemals küssen sollen. Finn Stewart verfluchte seine eigene Dummheit zum hundertsten Mal, seit er gestern Abend die Tür zu seinem Schlafzimmer geschlossen hatte, Er hatte sie vor allem deshalb abgeschlossen, um sich selbst daran zu erinnern, dass er im Raum bleiben musste, und weniger als ein Zeichen für Rhys, sich fern zu halten. Wegen Cal und Rhys war er voller unerfülltem Verlangen und hätte Rhys gestern Abend irgendwelches Interesse über den Kuss, den Finn ihm aufgezwungen hatte, hinaus gezeigt, hätte Finn sofort jede Stellung eingenommen, die Rhys sich nur wünschen konnte. Natürlich wäre Rhys ziemlich schnell darauf gekommen, dass er übers Küssen hinaus keinerlei Erfahrung hatte, also hätte die Sache wahrscheinlich genauso geendet, wie sie es ohnehin hatte - mit Finn wichsend unter der Dusche und Rhys auf dem Weg zurück nach Chicago.

Er warf einen Blick auf die Uhr und sah, dass der Alarm in weniger als fünf Minuten losgehen würde. Ausnahmsweise war er einmal nicht begierig darauf, den Tag zu beginnen oder den Mann zu Gesicht zu bekommen, nach dem er sich schon sehnte, seit er alt genug gewesen war, um herauszufinden, was Lust eigentlich war. Er hatte Callan Bale kennengelernt, als Cals Vater Finns Vater als Vorarbeiter eingestellt hatte. Finns Mutter hatte sie sitzengelassen, als er sieben Jahre alt gewesen war, und er hatte seither nichts mehr von ihr gehört. Er und sein Vater waren sich aber nahe gewesen, und er hatte den Mann vergöttert. Tag Stewart hatte sich immer Zeit für seinen Sohn genommen, auch nachdem er den ganzen Tag lang Vieh getrieben und Zäune ausgebessert hatte. Und sobald Finn alt genug gewesen war, um auf einem Pferd zu sitzen, hatte er das Geschäft an der Seite seines Vaters erlernt. Sie hatten endlos geredet und Pläne für den Tag geschmiedet, an dem sie ihre eigene Ranch bekommen und sie gemeinsam führen würden, Seite an Seite. Und dann hatte ein Kuss mit dem Sohn des Bürgermeisters alles zerstört.

Während er aufgewachsen war, hatte er auch mit Cal zusammengearbeitet, der das Geschäft von seinem Vater, Carter Bale, lernte, der die Ranch von Cals Großvater geerbt hatte. Es hatte nicht lange gedauert, bis Finn erkannt hatte, dass die Gefühle, die er für Cal hegte, weit über Freundschaft oder die Art und Weise, wie Cal ihn oft wie einen jüngeren Bruder behandelte, hinausgingen. Aber Cal hatte nie irgendein Interesse an ihm gezeigt, und als Finn endlich seinen Mut zusammengenommen und den Versuch gewagt hatte, Cal nach der Feier zu Finns sechzehntem Geburtstag zu küssen, hatte es ein böses Erwachen gegeben.

Er konnte sich immer noch an diese Nacht erinnern. Die wenigen Freunde, die er dagehabt hatte, waren nach Hause gegangen und sein Vater war im Bett, während Cal und er auf der Terrassenschaukel auf ihrer Veranda gesessen hatten. Es waren nur sie beide gewesen, unter einer Decke aus hellen Sternen und dazu die Symphonie von Grillen und ab und zu einem Ochsenfrosch vom nahe gelegenen See. Cal hatte ihm ein Taschenmesser geschenkt und war gerade dabei gewesen, ihm die verschiedenen Werkzeuge zu erläutern, als Finn versucht hatte, ihn zu küssen. Cal hatte ihn aufgehalten, bevor ihre Lippen sich berührt hatten und ihn dann mit einem traurigen Lächeln angesehen - der Art von Lächeln, die Menschen einem gaben, während sie versuchten, herauszufinden, wie sie die Ablehnung weniger schmerzhaft machen konnten.

Es stellte sich heraus, dass Finn all die Signale, die über die Jahre von Cal gekommen waren, falsch gedeutet hatte - die Berührung seiner Hand an Finns Schulter hatte eine Ermutigung sein sollen, die freundlichen Worte bedeuteten Trost. Irgendwie hatte Finn in seinen jugendlichen Gedanken alles verdreht und ihm war nicht klar gewesen, dass die starken Gefühle, die er jedes Mal verspürte, wenn er sich in Cals Nähe befand, einseitig waren. Cal hatte nicht einmal etwas sagen müssen, nachdem er den Kuss verhindert hatte - ein mitleidiger Blick war völlig ausreichend gewesen, um Finn in die Flucht zu schlagen und sie hatten nie wieder darüber geredet.

Danach hatte Finn sich darauf konzentriert, genug Geld zu sparen, damit er seinen Teil beitragen könnte, wenn die Zeit für ihn und seinen Vater gekommen wäre, ihre eigene Ranch zu kaufen. Aber dann hatte der Sohn des Bürgermeisters, Hunter Greene, ihn während der Senior-Abschluss-Party im Poolhaus seiner Familie in die Enge getrieben und ihn geküsst - der zweite Kuss überhaupt für ihn seit dem kurzen, experimentellen Kuss mit Ronny, als sie beide vierzehn gewesen waren. Hunter zu küssen war mit nichts vergleichbar, das er je zuvor erlebt hatte, und schon nach kurzer Zeit waren er und Hunter auf dem Boden herumgerollt und hatten versucht, ihre Hände in die Badehose des jeweils anderen zu bekommen. Finn hatte den Kampf gewonnen und war auf Hunter gewesen, hatte ihn mit langen, harten Zügen gestreichelt, während er sich selbst an ihm rieb. Und dann war Licht in den dunklen Raum gefallen und Hunters Vater hatte dagestanden, während Hunter Finn wegge-schoben und Lügen von sich gegeben hatte über das, was geschehen war.

Bevor er hatte erklären können, was wirklich passiert war, hatte man Finn auf die Polizeiwache verfrachtet und drei Stunden später war Cal dagewesen, um ihn mit nach Hause zu nehmen. Aber sein

Zuhause war nicht die Zuflucht gewesen, die es hätte sein sollen, und sein Vater war nicht dagewesen, um ihn voller Verständnis zu begrüßen. Nein, der Mann, den er mehr als alles andere geliebt hatte, sein Held, hatte ihn immer und immer wieder geschlagen, während er ihn als Schwuchtel beschimpfte, und dann hatte er ihn getreten, bis Finn schließlich von den Schmerzen ohnmächtig geworden war. Er war in einem Krankenhausbett aufgewacht, mit Cal besorgt in einem Stuhl neben ihm sitzend. Auf seinem Gesicht hatte sich bereits die schlechte Nachricht gezeigt, und er hatte Finn gesagt, sein Vater hätte die Stadt verlassen, nachdem Cal ihn gefeuert hatte. Finn hatte seither nichts mehr von seinem Vater gesehen oder gehört.

Finn zwang sich aus dem Bett und ging ins Badezimmer. Seine Morgenlatte wollte einfach nicht ignoriert werden, also stieg er in die Dusche und kümmerte sich um sie, bemüht, nicht zu viel darüber nachzudenken, warum sein übliches Bild von Cal, der ihn von hinten nahm, plötzlich Rhys auf den Knien vor ihm einschloss. Als er sich schließlich abtrocknete, begann das Verlangen schon wieder in ihm zu brennen.

Er zog sich an und machte sich auf den Weg in die Küche, dann hielt er plötzlich an bei dem Anblick, der ihn begrüßte. Rhys stand vor dem Herd, seine Jeans schmiegte sich liebevoll an seinen knackigen Arsch und ein graues T-Shirt klebte an jedem gespannten Muskel entlang seines Rückens.

„Hey", sagte Rhys, als er sich umdrehte, die Bratpfanne in einer Hand, den Pfannenwender in der anderen. Er begann, Rührei auf die beiden Teller auf dem kleinen Küchentisch zu verteilen. Gott, der Mann war wunderschön und die Erinnerung an den hitzigen Kuss, den Finn gestern Abend gestohlen hatte, kehrte mit aller Macht zurück, genau wie der Ständer, um den er sich vor gerade mal ein paar Minuten gekümmert hatte. Finn zappelte herum, damit die Enge in seiner Hose weniger unangenehm war, und hörte Rhys fragen: „Bist du in Ordnung?", während seine grünen Augen amüsiert schimmerten. *Scheißkerl.*

„Na klar", brachte Finn heraus, als Rhys sich zurück zu dem Herd wandte und die Pfanne abstellte. Die kleine Mikrowelle auf der Theke machte Ping und Rhys nahm den aufgewärmten Speck heraus.

„Ich habe Kaffee gemacht", sagte er, als er auf die fast volle Kanne deutete.

„Ich dachte, du wärst gegangen", sagte Finn gereizt, als er nach einer Tasse suchte, und sie dann mit Kaffee füllte.

„Hab meine Meinung geändert", war alles, was Rhys sagte. Er gab Speck auf beide Teller und begann zu essen. Finn setzte sich ihm gegenüber, rührte das Essen aber nicht an.

„Weil ich dich gestern Abend geküsst habe?", fragte Finn schließlich. Rhys hob seinen Blick. „Weil, das war ein Fehler", stammelte er.

Rhys seufzte und kaute fertig, bevor er antwortete: „Ich habe meine Meinung geändert, weil ich nicht ins Gefängnis zurückgehen will", murmelte er.

Finn schaffte es geradeso, den Schluck Kaffee, den er gerade genommen hatte, nicht auszuspucken. „Gefängnis?"

„Deswegen bin ich hier. Mein Bewährungshelfer kennt Callan und hat ein paar Fäden gezogen, um mir diesen Job zu verschaffen. Sechs Monate, und ich bin wieder frei. Ansonsten muss ich den Rest meiner Strafe absitzen - zwei Jahre."

„Du hast gesagt, dass du Polizist bist", sagte Finn. Er hatte überhaupt nicht darüber nachgedacht, warum jemand wie Rhys auf einer Ranch in Montana arbeiten sollte - er hatte einfach angenommen, der Kerl würde mal eine Luftveränderung oder so etwas brauchen.

„Ich *war* ein Polizist", sagte Rhys bitter. Sein Ton machte klar, dass er das Thema nicht weiterverfolgen wollte.

Finn beschloss, es auf sich beruhen zu lassen und schaufelte Essen in seinen Mund. „Das ist gut", sagte er, als er nach einem Stück Speck griff.

„Ja, na ja, wenn ich an der Reihe bin, zu kochen, wird es das hier geben oder Spaghetti und das war's dann."

Finn lachte leise. „Damit kann ich leben."

„Und Finn", sagte Rhys und wartete, bis Finn seinen Blick hob und ihre Augen sich trafen. „Auch wenn dieser Kuss gestern Abend ein Fehler war, es war ein verdammt guter."

Finn sah, wie Rhys ungeschickt im Sattel herumrutschte, als er versuchte, sich an den Gang seines Pferdes anzupassen. „Alles okay?", fragte er, als er seinen eigenen Wallach neben die Stute, die Rhys ritt, lenkte.

„Alles bestens", stieß Rhys hervor.

„Du siehst aber nicht so aus", sagte Finn.

„Wenn du es wirklich wissen willst, mein Arsch schmerzt wie die Hölle. Und nicht auf eine gute Art!", knurrte Rhys und Finn musste schnell seinen Sitz korrigieren um ihn an das Bild, das Rhys Aussage heraufbeschworen hatte, anzupassen.

„Es sind nur zwanzig Minuten gewesen", sagte Finn amüsiert.

„Was etwa neunzehn Minuten zu lang ist. Wo zum Teufel sind die Kühe?", murmelte Rhys und fummelte an den Zügeln herum.

„Wahrscheinlich hinter diesem Hügel. Da ist ein Fluss, an dem sie nachmittags gerne rumhängen."

Rhys murmelte etwas vor sich hin und Finn lachte. Der Mann bewegte sich auf dem Boden mit lässigem Selbstvertrauen, doch wenn man ihn auf ein Pferd setzte, war er hoffnungslos. Aber auf eine heiße Art hoffnungslos.

„Wartet in Chicago jemand auf dich?", fragte Finn in der Hoffnung, ein kleines Gespräch könnte Rhys genug entspannen, damit ihm das Reiten ein bisschen leichter fallen würde.

„Du hättest mich vielleicht nach einem Freund fragen sollen, bevor du mich gestern Abend so wild geküsst hast."

Finn spürte, wie die Hitze in seine Wangen stieg bei der Erinnerung an sein dreistes Verhalten sowie angesichts der Tatsache, dass Rhys es offenbar genossen hatte. „Ich meinte Familie."

„Nein. Keine Familie. Auch kein Freund." Rhys grinste.

„Wo sind deine Eltern?"

„Keine Ahnung. Bin bei Pflegefamilien aufgewachsen. Hab nie herausgefunden, wer meine wahren Eltern sind."

„Sorry", sagte Finn.

„Ach, warum denn?", sagte Rhys beiläufig - *zu* beiläufig.

„Also niemand, dem du nahestehst?"

„Nicht wirklich. Einer meiner Pflege-Brüder und ich traten zur gleichen Zeit in die Armee ein, aber er blieb dabei, nachdem ich meinen letzten Einsatz beendet hatte, und wir haben den Kontakt verloren. Was ist mit dir?"

Finn versteifte sich. Er hatte nicht beabsichtigt, dass die Sprache auf ihn kommen würde. Aber das war wohl nur fair. Er konnte nicht gut von Rhys erwarten, sich zu öffnen, wenn er nicht bereit war, es auch zu tun. „Meine Mutter hat uns verlassen, als ich sieben Jahre alt war. Ich wusste nie, warum – an einem Tag war sie noch da, am nächsten Tag war sie es nicht mehr. Und ich habe dir ja schon von meinem Vater erzählt."

„Du hast gesagt, er hat die Scheiße aus dir rausgeprügelt. Was ist passiert?", fragte Rhys leise.

Finn erzählte ihm schnell, was zwischen ihm und Hunter geschehen war.

„Also wusste dein Vater vorher nicht, dass du schwul bist?"

Finn schüttelte den Kopf. „Ich bin ehrlich nie auf die Idee gekommen, es ihm zu sagen. Wir waren uns so nah, dass ich dachte, es wäre ihm egal. Ich denke, die Menschen zu lesen ist nie meine Stärke gewesen", sagte Finn mit einem selbstironischen Lachen.

„Du liest mich ziemlich gut", sagte Rhys. Bevor Finn antworten konnte, fragte Rhys: „Was geschah, nachdem dein Vater von dir und dem Sohn des Bürgermeisters gehört hatte?"

„Nachdem Cal alles mit der Polizei geregelt hatte, nahm er mich mit nach Hause. Mein Vater und ich lebten in dem Haus des Vorarbeiters – das kleine neben unserem - und Cal ließ mich raus und sagte, er würde nach mir sehen, nachdem mein Vater und ich eine

Chance gehabt hatten, miteinander zu reden. Ich konnte nicht einmal meinem Dad meine Seite der Geschichte erzählen - er fing einfach an, mich zu schlagen, sobald ich zur Tür hereinkam. Nannte mich immer wieder eine Schwuchtel. Ich denke, Cal muss draußen gewartet haben oder so was, weil er derjenige war, der ihn von mir runter gezogen hat. Ich bin mir nicht sicher, was danach geschah. Cal will nicht wirklich darüber reden. Ich wachte im Krankenhaus auf und Cal sagte mir, dass Dad weg wäre. Ich hörte mal, dass er einen Job auf einer Ranch in Wyoming hat, bin aber nicht wirklich sicher."

Sie ritten für eine Weile schweigend weiter, bevor Rhys sagte: „Du kannst mich fragen, weißt du."

„Dich was fragen?", entgegnete Finn, obwohl er es wusste.

Rhys schnaubte und sagte: „Ich musste ins Gefängnis, weil ich einen anderen Cop angegriffen habe. Meinen Partner."

„Was hat er getan?"

Rhys warf ihm einen scharfen Blick zu. „Was veranlasst dich zu glauben, dass *er* etwas getan hat?"

„Keine Ahnung. Ich nehme an, du scheinst mir einfach nicht als der Typ, der jemanden schlägt, es sei denn, dass du provoziert wurdest." Rhys schwieg eine lange Zeit und studierte ihn, bis Finn das Bedürfnis verspürte, sich in seinem Sattel zu winden.

„Er hat unsere persönliche Beziehung benutzt, um Informationen über einen meiner CIs zu verkaufen", sagte Rhys schließlich.

„CI?"

„Confidential Informant. Ein vertraulicher Informant. Ich habe im Drogendezernat gearbeitet und einen Jungen wegen Besitz hochgenommen. Es stellte sich heraus, dass er mit einer Bande zu tun bekommen hatte und Zeuge der Ermordung eines rivalisierenden Dealers geworden war, also habe ich mit dem Staatsanwalt zusammengearbeitet, um einen Deal für den Jungen zu bekommen. Der Dealer, für den er arbeitete, war jemand, den das FBI schon seit Jahren hinter Gitter zu bringen versuchte, also willigten sie ein, ihn bis zur Gerichtsverhandlung in Schutzhaft zu nehmen und dann ins Zeugenschutzprogramm zu stecken."

„Was ist passiert?", fragte Finn, als Rhys schwieg und sich in der Vergangenheit zu verlieren schien.

„Mein Partner bei der Polizei war auch mein Liebhaber. Ich vertraute ihm hundertprozentig, wenn er also zu mir kam, dachte ich auch nicht daran, die Informationen wegzuräumen, die ich über meinen CI hatte. Es stellte sich heraus, dass mein Partner schon seit Jahren für den Dealer tätig war und er verkaufte den Aufenthaltsort des Jungen an ihn. Der Junge, seine Mutter und seine Personenschützer wurden am Tag vor der Verhandlung getötet. Der Händler kam unbehelligt davon."

„Fuck", flüsterte Finn.

„Ich war einer von nur ein paar Leuten, die wussten, wo der Junge versteckt worden war, also wusste ich, dass die undichte Stelle bei mir hätte sein können. Tom war die einzige Person in meinem Leben, die beteiligt gewesen sein konnte, also konfrontierte ich ihn damit. Er gab es zu. Sagte, dass niemand einem Rookie-Cop glauben würde, wenn sein Wort gegen jemanden stand, der schon seit fünfzehn Jahren dabei war. Ich wünschte nur, ich hätte den Ficker getötet, bevor sie mich von ihm weggezogen haben." Der Hass in Rhys' Stimme war beängstigend.

Finn lenkte sein Pferd näher an das von Rhys, so dass ihre Beine sich berührten, und das schien den anderen Mann aus der düsteren Stimmung zu reißen, die ihn überkommen hatte. „Was ist mit ihm passiert?", fragte Finn.

„Er lag drei Wochen im Koma. Wachte gerade rechtzeitig auf, um zuzusehen, wie ich zu vier Jahren Gefängnis verurteilt wurde. Er hatte recht - ich hatte keine Beweise und er besaß einen ausgezeichneten Ruf. Ich bekam letzten Endes einen Deal für eine Anhörung, die es möglich machte, dass ich eine Strafe bekommen würde, die mir die Chance auf Bewährung gab. Ich sagte all die richtigen Dinge bei meiner Bewährungsanhörung."

„Wie lange warst du drinnen?"

„Zwei Jahre. Ich verbrachte die meiste Zeit davon in Einzelhaft, da ein Polizist im Gefängnis nicht viele Freunde findet“, sagte Rhys mit einem bitteren Lachen.

Finn schauderte bei dem, was Rhys da sagte. Er griff nach unten und packte die Zügel der Stute. Er ließ sie anhalten und legte dann seine Hand über eine von Rhys'.

„Es tut mir leid, Rhys. Es tut mir leid, dass dir das passiert ist.“

Kapitel Vier

Rhys wünschte sich inständig, er würde in diesem Moment nicht auf einem Pferd sitzen, weil er nichts mehr wollte, als sich hinüber zu lehnen und den schönen Mund zu küssen, der ihm Worte des Trostes, nicht der Verurteilung, spendete. Finn hatte ihn überrascht, als er automatisch angenommen hatte, Rhys wäre zu dem tätlichen Angriff auf jemand anderen provoziert worden. Und nun sah er keine Verurteilung in diesen sanften Augen. Finn glaubte absolut alles, was Rhys ihm gesagt hatte, und er war von der Erleichterung überrascht, die ihn dabei durchflutete. Es hätte nicht wichtig sein sollen. Niemand sonst hatte ihm geglaubt, nicht einmal sein eigener Anwalt. Selbst Frank schien Zweifel an seiner Geschichte zu haben, also war es ein wunderbares Gefühl, dass dieser junge Mann, der ihn praktisch nicht kannte, ihm glaubte.

Emotionen tobten in seinem Inneren, so dass Rhys nur ein Nicken gelang, bevor Finn sich zurückzog und sie den Ritt schweigend fortsetzten. Finns Kuss am Abend zuvor hatte seinen Kopf genauso durcheinander gebracht wie seinen Körper. Er hatte es gestern Abend bis an die Haustür geschafft, sich aber nicht dazu bringen können, wegzugehen. Er wollte nicht auf der Ranch sein und

Callan wollte ihn definitiv nicht dort haben, aber der Kuss hatte alles verändert. Sicher, es war aus Wut geschehen, nachdem Rhys über Finns Alter gestichelt hatte, indem er ihn als Jungen bezeichnet hatte, aber die Wirkung dieser Lippen auf seinem Mund hatten ihn sowohl körperlich als auch emotional fertiggemacht. Er wollte Finn. Sehr. Und das nicht nur körperlich - er ertappte sich dabei, wie er sich nach Finns Lächeln sehnte, danach, dieses lächerlich ausgelassene Lachen zu hören. Er wollte diese sanften Blicke und warmen Berührungen, die er mit keinem seiner anderen Liebhabern je so richtig hinbekommen hatte. Er wollte, dass Finn ihn genauso wollte, wie Finn Callan begehrte.

Gott, wie hatte die Sache denn so schnell so beschissen werden können? Wie hatte ein Kuss ihn dazu bringen können, sich an der Haustür wieder umzudrehen und in das leere Bett zu kriechen wo er sich gewünscht hatte, er wäre alles andere als allein? Bevor Finn ihn geküsst hatte, hatte er wenigstens noch die Hoffnung gehabt, er würde die Zeit in diesem Höllenloch rumkriegen, indem er und sein neuer Mitbewohner Fickkumpel werden und sich mit belanglosem Sex vergnügen würden. Aber sein Instinkt sagte ihm, dass Finn nicht der Typ für eine Beziehung ohne Tiefgang war und Rhys war definitiv nicht auf der Suche nach mehr als einer schnellen Nummer. Was genau bedeutete das also für ihn? Dass sie Freunde sein sollten? Eine Freundschaft mit einem Kerl, zu dem er sich unbestreitbar hingezogen fühlte? Wollte er wirklich die nächsten sechs Monate damit verbringen, zuzusehen, wie der Mann, auf den er scharf war, Callan anhimmelte? Und er konnte nicht einmal über den Moment voller Lust nachdenken, die er für den dunkelhaarigen Mann verspürt hatte, als der hochaufgerichtet vor ihm gestanden und ihn gegen seinen Truck gedrückt hatte.

Rhys' richtete seine Aufmerksamkeit wieder auf die Gegenwart, als Finn sagte: „Sieh mal. Da unten."

Sie hatten den Gipfel des kleinen Hügels erreicht und unter ihnen war ein schmaler Streifen Wasser, um den sich Dutzende von schwarzen Kühen versammelt hatten. Einige knabberten an dem braunen Gras, andere wateten in das schmutzige Wasser. „Sind das alle?"

Finn seufzte. „Ja, das sind alle", sagte er leise, als er sein Pferd den Hügel hinunter in Richtung der Herde lenkte. Rhys konnte erkennen, dass da viel war, das er nicht sagte.

„Es ist etwas passiert", sagte Rhys. Eine Feststellung, keine Frage.

Finn warf ihm einen Blick zu. „Vor paar Jahren hatten wir fast dreihundert Stück. Nicht so groß wie die meisten Ranches hier in der Nähe, aber Cal hatte einige gute Zuchttiere und bekam immer weit mehr als den Marktpreis."

„Und?", forderte Rhys ihn auf.

„Und dann entschied Cal, nicht die Schwuchtel zu feuern, wie jeder es ihm sagte. Plötzlich stiegen die Kosten für alles, aber die Preise fielen. Zäune wurden mitten in der Nacht durchgeschnitten. Fast die Hälfte der Herde starb, als die Hauptwasserversorgung vergiftet wurde."

„Du lieber Gott."

„Die Cops konnten natürlich keine Verdächtigen finden, also sagten sie, es wäre wahrscheinlich ein Werksunfall oder so etwas weiter oben am Fluss gewesen. Seltsam, wie nur unsere Herde betroffen war. Cal musste den größten Teil der restlichen Herde verkaufen, um nicht in die roten Zahlen zu geraten. Er sagt, dass wir wieder auf dem richtigen Weg sind ..."

„Aber du glaubst ihm nicht."

„Ich werde schnell mal um die Herde reiten um sicherzustellen, dass sie alle okay sind. Könntest du den Zaun dort drüben überprüfen?", fragte Finn, womit er effektiv das Gespräch beendete. Er gab Rhys nicht einmal die Gelegenheit zu antworten, bevor er sein Pferd davonlenkte, um die Herde zu überprüfen. Rhys schaffte es, seinen Teil zu tun und den Zaun zu kontrollieren, obwohl es sich als ein ständiger Kampf erwies, das Pferd zu lenken, so dass er schließlich abstieg und das Tier führte, als er nach eventuellen Schäden suchte. Der Ritt zurück zum Stall war still und Finn schien untypisch in sich gekehrt.

„Bist du in Ordnung?", fragte Rhys, als sie begannen, die Pferde abzubürsten.

Finn nickte nur und fragte dann: „Würde es dir was ausmachen, West für mich abzuwaschen?", als er auf sein Pferd deutete.

„Kein Problem", sagte Rhys und sah zu, wie Finn aus der Scheune verschwand.

Rhys packte den Führstrick seines Pferdes sowie den des großen Grauen und führte die beiden Tiere in den Waschbereich, den er Callan gestern nutzen gesehen hatte. Keines der Pferde machte ihm das Leben schwer, als er sie mit lauwarmem Wasser übergoss, wofür er dankbar war, weil er keine Ahnung hatte, was zum Teufel er da überhaupt machte.

Erst, als er mit dem grauen Pferd begann, bemerkte er schließlich, dass Callan in der Tür des Stalls lehnend dastand, seine durchdringenden Augen auf ihn gerichtet. Der wartete wohl darauf, dass er es verbockte, vermutete Rhys. Ein Schauer durchlief ihn, als er fühlte, wie der Blick sich in ihn brannte und seine Jeans waren sofort wieder eng.

„Du musst Panikknoten verwenden." Er drehte sich um und sah, dass Callan inzwischen zu ihm gekommen war und einen der Nylonstricke löste, den er mit einem Knoten um den Pfosten gebunden hatte. „Du hast wirklich keine Scheißahnung, was du da machst, oder?", murmelte Callan.

Rhys zwang sich, den Mund zu halten, indem er sich daran erinnerte, dass jeder Mist, den dieser Kerl ihm entgegenschleuderte, immer noch besser wäre als zwei weitere Jahre in einer fensterlosen Gefängniszelle.

„Wo ist Finn?", fragte Callan, als er schließlich den ersten Führstrick gelöst hatte.

„Er brauchte etwas Abstand."

Callan verzog das Gesicht. „Was hast du mit ihm gemacht?"

Rhys schüttelte den Kopf und stieß ein humorloses Lachen aus. „Lieber Gott, du behandelst ihn wirklich wie ein verdammtes Kind."

„Ich passe auf ihn auf", fauchte Callan.

„Ach ja? Und wie läuft das so für dich? Und für ihn?", stichelte Rhys.

Rhys war überrascht, als Callan nicht reagierte und noch mehr, als er tatsächlich Schmerz in den Augen des anderen Mannes aufblitzen sah. „Hey Mann", begann Rhys, aber Callan unterbrach ihn.

„Man muss einen Panikknoten benutzen, wenn man ein Pferd festbindet, damit man es, falls es sich vor etwas erschreckt, schnell losmachen kann und es sich nicht verletzt." Callan schlang den Führstrick um den Pfosten und demonstrierte es. Sobald der Strick festgebunden war, zog er schnell an einem Ende und der ganze Strick löste sich. „Eine Beinverletzung kann für ein Pferd ein Todesurteil sein", sagte Callan leise, als eine seiner großen Hände zärtlich das Gesicht des grauen Pferdes streichelte. Finns Pferd. Rhys fühlte Wasser auf sein Bein tropfen und erkannte, dass er auf diese Finger gestarrt hatte, die sich um das Maul des Tieres gelegt hatten.

„Du bist dran", sagte Callan, reichte Rhys den Führstrick und nahm ihm den Schlauch ab. Ihre Finger berührten sich und Rhys fühlte es überall. Callan musste auch etwas gefühlt haben, denn er erstarrte und sein Blick hielt den von Rhys ohne Gnade gefesselt. Rhys zwang sich, derjenige zu sein, der sich zuerst bewegte, und seine Finger fühlten sich unbeholfen und schwer an, als er versuchte, den Knoten nachzumachen. Er hielt den Atem an, als Callan die Hände über seine legte und ihn durch die Bewegungen leitete.

Jesus, was zum Teufel passierte da mit ihm? Ihm war flau im Magen vor Nervosität und er ertappte sich tatsächlich dabei, wie er sich in Callans Richtung lehnte, bevor er begriff, was er da tat. Sich zurück reißend, löste Rhys schnell den Strick von dem Pferd, das er geritten hatte, und versuchte ihn erneut festzuknoten. Irgendwie bekam er es richtig hin und war zugleich zufrieden und enttäuscht. So sehr es ihm auch gefallen hatte, Callans Hände auf sich zu spüren, er musste diese Sache beenden, bevor er etwas Dummes tun würde. Nicht nur, dass der Kerl aus irgendeinem Grund den Hetero spielte, der Mann hasste ihn auch ganz offensichtlich, ganz davon zu schweigen, dass Finn, jemand, den er bereits als einen Freund betrachtete, schon seit einer ganzen Weile in diesen Mann verschossen war.

„Gut", murmelte Callan, als er den zweiten Knoten prüfte und dann zurück trat. „Ich habe gestern Abend mit Frank gesprochen und ihn wissen gelassen, dass du es hierher geschafft hast."

Callans Worte waren wie Eiswasser, das auf seine Gefühle gegossen wurde. Dieser Mann hielt ihn für einen Verlierer. Hatte es ja gestern praktisch schon gesagt, als er Rhys davor gewarnt hatte, sich an Finn ranzumachen. „Ach ja?", sagte er kühl, als er den Schlauch von Callan zurück nahm und seine ganze Aufmerksamkeit darauf richtete, die Pferde sauberzumachen.

„Er sagte, du sollst ihn anrufen, wenn du etwas brauchst."

„Okay", sagte Rhys.

„Sag Finn, dass ich oben im Haupthaus bin, wenn er mich braucht", sagte Callan.

Rhys nickte und nahm schließlich seinen ersten tiefen Atemzug, nachdem Callan wieder im Stall verschwunden war. Gott, wie zum Teufel sollte er es bloß sechs Monate lang mit diesen beiden Männern aushalten?

Kapitel Fünf

Callan Bale kämpfte gegen seine überschäumende Lust an, als er die Scheune verließ und die Auffahrt in Richtung Haupthaus hinaufging. Seine Augen suchten automatisch die Umgebung nach Finn ab, da es ungewöhnlich für ihn war, zu verschwinden, während sie noch arbeiteten. Es war noch ungewöhnlicher für ihn, die Pflege seines Pferdes jemand anderem zu überlassen. Er hatte Finn den Wallach als Geschenk zum Schulabschluss gegeben. Es war am selben Tag gewesen, als Finns ganzes Leben sich verändert hatte, weil er den Mut besaß, zu sein, wer er war und nicht nur eine Rolle zu spielen, um die Leute um ihn herum zufrieden zu stellen. So jung und unschuldig Finn auch war, er war immer noch verdammt viel tapferer als Callan es jemals sein würde.

Callan hatte schon lange bevor er Finn Stewart begegnet war gewusst, dass er Männer gegenüber Frauen bevorzugte. Aber im Gegensatz zu Finn hatte er sich nur auf etwas eingelassen, als die Entfernung ihm die benötigte Anonymität geboten hatte. Seine erste sexuelle Erfahrung mit einem Mann war erst in seinem zweiten Jahr am College passiert, als er und sein Mitbewohner mehr als nur ein wenig betrunken gewesen waren und Callan seinen ersten Blowjob bekommen hatte. Aber am Morgen danach war es fast komisch gewesen, wie sein Mitbewohner und er sich dumm gestellt und so getan hatten, als wäre nichts geschehen. Zwei Tage später war sein Mitbewohner in ein neues Wohnheim gewechselt, angeblich um seinen Kursräumen näher sein zu können, und Callan hatte den Rest des Semesters damit verbracht, mit einer flatterhaften Mitstudentin nach der anderen auszugehen.

Er hatte bereits das reife Alter von einundzwanzig erreicht, als er schließlich zum ersten Mal einen anderen Mann fickte. Er hatte den Abend seines Geburtstages damit verbracht, zu tun, was von allen College-Jungs erwartet wurde – er war mit seinen Freunden und seinem glänzenden neuen Ausweis, der ihm erlaubte, öffentlich Alkohol zu trinken, durch die Bars gezogen. Aber am nächsten Abend hatte er sich auf eigene Faust rausgeschlichen und war zu einem Schwulen-Club am Stadtrand gefahren, an dem er schon mehr als einmal vorbeigekommen war, wenn er sich jedes Wochenende auf den Weg nach Hause machte um seinem Vater auf der Ranch zu helfen. Der Club hatte jede Art von Kerl zu bieten gehabt, die man sich nur vorstellen konnte, aber es war ein tätowierter Muskelprotz namens Mav gewesen, der ihn in eine der Toilettenkabinen gezerrt und ihn hemmungslos geküsst hatte. Jegliche Hoffnung, dass er in der Lage sein würde, das gleiche Maß an sexueller Befriedigung mit einer Frau zu finden, war in der Sekunde erloschen, als er seinen Schwanz tief in den Arsch des anderen Mannes schob, während der über die Toilette gebeugt dagestanden hatte.

Er war am nächsten Abend wieder hingegangen und hatte einen anderen Mann gefunden, der ihm in der Gasse hinter dem Club einen geblasen hatte. Und so hatte er dann die meisten Abende während seines letzten Jahrs am College verbracht. Tagsüber hatte er seine Kurse besucht und mit hübschen Mädchen geflirtet und an den Abenden, wenn er dem Verlangen nicht mehr widerstehen konnte, hatte er zufällig ausgewählte Männer gefickt. Und dann hatte er eines Abends den falschen Mann getroffen und war zusammengeschlagen und blutend in einer Gasse neben einer Mülltonne gelandet. Die Fahrt in die Notaufnahme war eine Lektion in Demütigung gewesen, und als die Bullen deutlich gemacht hatten, dass alle und jeder die genauen Umstände dessen, was ihm angetan worden war, erfahren würden, hatte Callan ihr Angebot angenommen, ‚die ganze Sache zu vergessen', wie sie es genannt hatten. Er war zurück in sein Wohnheim geeilt mit Anweisungen, sich während der nächsten sechs Monate auf die ganze Liste von sexuell übertragbaren Krankheiten testen zu lassen. Und als sein Vater ihn beim nächsten Mal, als er nach Hause fuhr, gefragt hatte, warum er hinkte und wo die blauen Flecken auf seinem Gesicht herkamen, war ihm die Lüge, dass er ausgeraubt worden sei, leicht über die Lippen gekommen.

Seit jenem Abend hatte es keine Männer mehr gegeben, und wann immer er den Drang verspürte, genügte die Erinnerung daran, missbraucht zu werden, um seinen Schwanz schneller abschwellen zu lassen als Luft aus einem kaputten Reifen strömte. Und dann war Finn in sein Leben getreten. Callan lächelte vor sich hin, als er sich an den Anblick des schlaksigen, pickeligen Jungen erinnerte, den man ihm vorgestellt hatte, als Callan fünfundzwanzig gewesen war und in Vollzeit für seinen Vater arbeitete. Von diesem Tag an hatte der dreizehn Jahre alte Finn wie Leim an ihm geklebt und nie länger als eine Minute oder zwei aufgehört zu reden.

Callan hatte weder Bruder noch Schwester, also war es seltsam für ihn, sich an das allgegenwärtige Kind anzupassen, das ihm folgte und versuchte, alles nachzumachen, was er tat, aber an einem gewissen Punkt hatten sich die Dinge geändert und er hatte Finn tatsächlich vermisst, wenn der in der Schule war. Aber er hatte eine Veränderung in Finn bemerkt, nachdem der fünfzehn geworden war. Die Heldenverehrung des Kindes hatte sich in etwas anderes verwandelt, etwas Tieferes, und Callan hatte versucht, sich zurück zu ziehen, da er gewusst hatte, wohin Finns Verliebtheit letztlich führen würde. Er war sich nach Finns katastrophalem sechzehnten Geburtstag sicher, dass er den einzigen Freund verlieren würde, den er wirklich hatte, aber Finn war immer der größere Mann gewesen, noch ehe er überhaupt ein Mann war, und er hatte Callan gestattet, sie wieder zu dem zurückzuführen, was sie vor dem Beinahe-Kuss gewesen waren.

Die Wahrheit über seine eigene Sexualität vor Finn geheim zu halten war schwierig gewesen, vor allem in den Zeiten, wenn er hatte erkennen können, dass Finn jemanden brauchte, mit dem er darüber reden konnte, was er nach der verheerenden Geschichte mit dem Sohn des Bürgermeisters und dem brutalen Angriff seines Vaters durchmachte. Callan war jedoch ein Feigling gewesen, denn zuzugeben, wer und was er war, hätte bedeutet, alles zu verlieren, für das er gearbeitet hatte. Aber als Finn herangewachsen und gereift war, hatte Callans Körper begonnen, ihn zu verraten, und er hatte es immer schwieriger gefunden, zu leugnen, dass er sich nach Finn in einer Weise sehnte, die nicht in Ordnung für jemanden war, der auch sein kleiner Bruder hätte sein können. Ganz zu schweigen von den zwölf Jahren Altersunterschied zwischen ihnen.

Und da sein Leben nicht schon beschissen genug war, hatte Gott es anscheinend lustig gefunden, Rhys Tellar in ihr Leben zu schubsen. Nicht nur, dass die Anziehungskraft, die der andere Mann auf ihn ausübte, deutlich spürbar war, aber ihn mit Finn zu sehen ließ ihn vor Hass und Lust gleichermaßen brennen. Als er sie gesehen hatte, wie sie sich gestern in dieser Box geküsst hatten, war ein Teil von ihm bereit gewesen, sie aufzuhalten, aber ein dunklerer Teil von ihm hatte mitmachen wollen. Er hatte beide auf die Knie beordern wollen, wo sie einander hätten schmecken können, während ihre Zungen seinen Schwanz liebkosten.

„Callan, Schätzchen, bist du das?" Er hörte die Stimme seiner Tante Dolly, als er die Fliegengittertür zum Haupthaus aufstieß. Ihre Stimme zu hören bezwang die Erektion, die bei dem Bild, das es gerade geschafft hatte, sich in seinem Gehirn breitzumachen, herangewachsen war.

„Ja, ich bin es", antwortete er, als er in die Küche ging.

Dolly war mit Mehl eingestaubt, also drückte er ihr einen Kuss auf die Wange und schnappte sich einen der frischen Kekse, die sie auf einem Backrost zum Abkühlen auf der Theke stehen hatte. Sie war eine zierliche Frau und angesichts des Größenunterschieds und ihres unterschiedlichen Aussehens wunderte er sich, dass sie und sein Vater von den gleichen Eltern abstammten. Dolly erreichte nicht einmal eins fünfzig mit Absätzen, während sein Vater eher an Callans eins siebenundachtzig herankam. Das Alter hatte einen harten Tribut von seinem Vater gefordert, aber Dolly wirkte noch rüstig, obwohl sie drei Jahre älter war als ihr Bruder. Sie war erst in den letzten Jahren in ihr Leben getreten, seit sich die Gesundheit seines Vaters verschlechtert hatte, aber mit ihrer liebevollen und offenen Natur fühlte es sich an, als wäre sie schon immer dort gewesen. Er griff nach einem weiteren Keks, aber sie zog rasch das Backgitter aus seiner Reichweite und begann, die Kekse in einen Plastikbehälter zu legen.

„Die sind für Finn", sagte sie. „Und deinen neuen Mann."

Ein Schlag durchfuhr Callan bei der Bezeichnung von Rhys als ‚seinem Mann', obwohl er wusste, dass Dolly es nicht so gemeint hatte.

„Wie ist noch gleich sein Name?"

„Rhys."

„Ja. Lade sie beide morgen Abend zum Abendessen ein", bemerkte sie, als sie in den Ofen griff um die nächste Ladung Cookies rauszunehmen.

„Wahrscheinlich keine so gute Idee", sagte Callan. Er nahm ein Glas aus dem Schrank und füllte es mit Wasser aus dem Hahn.

„Wieso denn? Finn war schon so lange nicht mehr zum Abendessen bei uns."

Callan versteifte sich, als er Schritte in die Küche schlurfen hörte. „Ich will diese kleine Schwuchtel nicht in meinem Haus haben", sagte sein Vater.

„Carter!", entfuhr es Dolly schockiert.

Callan zwang sich, einen tiefen Atemzug zu nehmen und stellte das Glas vorsichtig auf die Theke aus Angst, er würde es ansonsten zerdrücken. „Ich habe dir gesagt, was ich tun werde, wenn du ihn wieder so nennst", zischte Callan.

„Callan, nicht", hörte er Dolly hinter ihm sagen, dann spürte er ihre Hand auf seinem Arm. „Er weiß nicht, was er sagt", flüsterte sie.

Carter öffnete den Kühlschrank und durchsuchte ihn, offenbar ohne sich der Gefahr bewusst zu sein, die von seinem eigenen Sohn ausging. „Sarah, wo ist mein Bier?"

Dollys Finger auf Callans Arm spannten sich an, dann ging sie an ihm vorbei. „Carter, ich bin es, Dolly. Deine Schwester. Sarah ist weg, schon vergessen?"

Sein Vater sah sie mit einer Mischung aus Verwirrung und Wut an, dann wiederholte er: „Wo ist mein Bier?"

„Kein Bier. Es beeinträchtigt deine Medikamente", erinnerte sie ihn sanft. „Warum gehst du nicht ins Wohnzimmer und siehst fern, und ich werde dir etwas zu essen bringen?"

Carter grummelte, dann schlurfte er den Weg zurück, den er gekommen war.

„Er meinte das nicht so, Schätzchen", sagte Dolly, als sie Sachen aus dem Kühlschrank zu nehmen begann. Er wollte ihr sagen, dass sein Vater schon lange vor der Demenz bigott gewesen war, aber sie neigte dazu, sich an die guten Erinnerungen an den kleinen Bruder, mit dem sie aufgewachsen war, zu klammern. Nicht, dass Callan ihr das zum Vorwurf machen konnte, denn sie brauchte etwas, das sie aufbaute, da sie den ganzen Tag mit dem launischen Mann zusammen war, während Callan versuchte, die Ranch über Wasser zu halten. „Wie wäre es, wenn ich morgen Abend etwas mehr Lasagne mache und du und deine Jungs könnt sie unten in deinem Haus essen?", sagte sie fröhlich.

Ein weiterer Schlag traf ihn heftig, als er Finn und Rhys als ‚seine Jungs' bezeichnet hörte. Er musste sich in den Griff bekommen. „Sicher", sagte er, obwohl er wusste, dass er sich auf keinen Fall mit den beiden zum Essen zusammensetzen konnte.

„Willst du, dass ich dir ein Sandwich mache?", fragte Dolly, als sie Zutaten für ihren Bruder zusammenzustellen begann, der sowohl das Sandwich als auch sie vergessen haben würde, wenn sie es ihm schließlich ins Wohnzimmer brachte.

„Nein, danke. Ich muss an die Arbeit zurück", sagte er.

„Hier. Sag den Jungs, ich werde schon bald runterkommen, um sie zu sehen", sagte sie mit einem Lächeln, als sie ihm den Behälter voller Cookies übergab. „Und du lass die Finger von denen – du kannst später zurückkommen und dir deine holen."

Er zwang ein Lächeln auf sein Gesicht und gab ihr einen Kuss auf die Wange. Sie hatte dieses Leben nicht verdient, und er wünschte, er könnte die Dinge ändern - einen Weg finden, wie er an genügend Geld kommen konnte, um seinem Vater die Pflege zu ermöglichen, die er benötigte, und Dolly endlich zu befreien. Er murmelte schnell seinen Dank, dann eilte er aus dem Haus und machte sich auf den kurzen Weg zurück zum kleinen Haus des Vorarbeiters, das er nutzte. Nachdem Callan Finns Vater von der Ranch gejagt hatte, hatten er und Finn sich das kleine Haus geteilt, bis allmählich die wenigen Ranchhelfer, die er hatte halten können, einer nach dem anderen zu gehen begonnen hatten. Als es dann nur noch er und Finn gewesen waren, hatte es mehr Sinn gemacht, Finn in das andere Haus ziehen zu lassen. Er hatte versucht, sich einzureden, dass es nichts mit dem alarmierenden Maß an Verlangen zu tun hatte, das er für Finn zu fühlen begonnen hatte. Aber so wie der Rest seines Lebens, war es eine große, fette, verfickte Lüge.

Finn versteifte sich, als er die Schritte hinter sich hörte. Er wusste schon, zu wem die schweren Schritte gehörten.

„Dachte mir schon, dass ich dich hier finden würde", hörte er Cal sagen.

Ein offener Plastikbehälter wurde unter Finns Nase gehalten und der Geruch von Butterkeksen schlug ihm entgegen. Er konnte sich ein Lächeln nicht verkneifen, als er den Behälter ergriff und einen der noch warmen Kekse herausnahm. Dolly musste vom Himmel geschickt worden sein, dachte er, als er den Keks automatisch an Cal weiterreichte und dann einen für sich selbst nahm.

„Bist du okay?", fragte Cal ihn.

Es war eine von Cals Lieblingsfragen und Finn hatte es immer geliebt, sie zu hören, weil es ihn daran erinnerte, dass, egal was auch geschah, Cal immer auf ihn aufpasste. Das zu wissen, hatte Finn immer den Rücken gestärkt - selbst bei all den Kämpfen, die er hatte ausfechten müssen, Cal hatte hinter ihm gestanden. Aber jetzt waren die Worte nur ein zusätzliches totes Gewicht auf seinen Schultern. Er hatte sich immer mit Cal gleichgestellt gefühlt und geglaubt, dass, auch wenn nie mehr als Freundschaft zwischen ihnen sein konnte, Finn zumindest dazu beitragen würde, Cal bei der Verwirklichung seines Traums von einer erfolgreichen Ranch zu helfen. Zusammen zu arbeiten war so einfach und selbstverständlich geworden, dass er von Cal nicht mehr wirklich als sein Chef dachte. Sie waren Partner, sogar eine Familie.

„Ja, klar", sagte Finn automatisch. „Ich vermisse den Teich", sagte er und deutete auf die leere Stelle im Dreck vor ihnen.

Cal seufzte. „Ich auch. Aber ihn aufzufüllen war die einzige Option. Selbst wenn wir einen Zaun darum gebaut hätten, um die Herde abzuhalten, wären die Wildtiere gefährdet gewesen. Der Typ, der hier war, sagte, dass es keine Möglichkeit gibt, das Gift aus dem Wasser zu bekommen."

Beide schwiegen für eine lange Zeit. Die frühe Abendluft war warm und ruhig um sie herum. „Du musst mich gehen lassen, Cal", sagte Finn leise.

Er brauchte Cal nicht anzuschauen um zu wissen, dass sein Kiefer sich verspannte oder dass sein ganzer Körper sich versteifte. Cal hatte versucht, ihn zu beschützen, seit Finns Vater ihn aus seinem Leben geworfen hatte – tatsächlich auch schon vorher.

„Nein, ich brauche dich hier", sagte Cal hartnäckig.

Finn ließ den Kopf auf die Knie sinken. „Was hält sie davon ab, sich das nächste Mal an den Pferden zu vergreifen? Oder an Dolly? Oder dir?"

„Ich kann auf uns aufpassen. Auf uns alle."

Finn wünschte sich, er könnte seinen Kopf auf Cals Schulter

legen, wenn auch nur für einen Moment, damit er etwas von dem unfehlbaren Glauben in sich aufnehmen könnte, dass alles in Ordnung sein würde. Aber etwas hatte sich geändert, seit er Rhys gestern Abend geküsst hatte, und er hatte es bis jetzt nicht realisiert. Wenn er bei Cal blieb, würde er nie eine Chance haben, zu versuchen, ein Leben mit jemand anderem aufzubauen. Jemandem wie Rhys. Er wusste, dass Rhys auch nicht bei ihm bleiben würde, also war es keine Option, mit dem anderen Mann etwas anzufangen, aber er hatte es genossen, Rhys an diesem Nachmittag kennenzulernen. Ihm hatte das kleine Flattern in seinem Bauch gefallen, als Rhys gestern im Truck schamlos mit ihm geflirtet hatte, und er hatte diesen mächtigen Ansturm von Lust, als Rhys ihn in der Box festgehalten hatte, schon lange nicht mehr gefühlt ... nicht, seit er die Tatsache akzeptiert hatte, dass Cal ihn nie so sehen würde. Hier zu bleiben war nicht nur für Cal und die Ranch schlecht, es zerstörte auch langsam Finns Hoffnung auf irgendeine Form von Zukunft mit einer anderen Person.

„Ich werde Rhys alles beibringen, bevor ich gehe", hörte er sich sagen, während Schmerz sein Inneres zusammenkrampfte.

„Nein." Das war es. Ein Wort. Kein Streit, keine Diskussion. Es war zu viel. Finn schoss auf seine Füße, die Cookies ignorierend, die auf den Boden fielen.

„Hast du jemals daran gedacht, dass ich mehr als das brauchen könnte, Cal? Dass ich ein Leben außerhalb von Dare brauchen könnte? Irgendwo sein will, wo ich nicht die ganze Zeit über meine Schulter schauen muss? Wo ich nicht hören muss, wie die Leute mich hinter vorgehaltener Hand beschimpfen?" Cal weigerte sich, ihn anzuschauen, weshalb Finn vor Wut auf den staubigen Boden stampfte. „Ich kann noch nicht mal in das verdammte Haus deines Vaters gehen, Cal!"

Er sah, wie Cal seinen Kiefer anspannte, und er fühlte sich sofort schuldig, weil er wusste, dass Cals Loyalität seiner Familie gegenüber genauso tief war wie die Verpflichtung, die der Mann für ihn spürte. Ein Teil seines Zorns verließ ihn und er hockte sich neben Cal und sagte: „Was ist mit heiraten? Kindern? Denkst du, dass ich diese Dinge hier jemals haben könnte? Glaubst du, es wird einen Tag geben, an dem du und deine Frau und ich und mein Mann in dieser Stadt zusammen zum Abendessen ausgehen können?"

Finn streckte die Hand aus, um sanft Cals Arm zu berühren, und er spürte, wie die Muskeln sich unter seiner Handfläche strafften. Er zog seine Hand zurück und sagte leise: „Ich muss irgendwo hingehen, wo all diese Dinge in Ordnung sind. Wo ich nicht jeden verdammten Tag darum kämpfen muss, einfach nur zu sein, wer ich bin."

Finn fühlte Tränen in seinen Augen brennen, also stand er auf und trat zurück. „Du musst diese Dinge für mich wollen, Callan", sagte er mit fester Stimme, dann drehte er sich um und verließ die Lichtung.

Callan. Finn hatte ihn Callan genannt. Er hatte begonnen, ihn „Cal" zu nennen, kurz nachdem sie sich begegnet waren und er war der Einzige, der das getan hatte, und nun nahm Finn ihm selbst das weg. Callan warf den Behälter mit Cookies über den Haufen von Dreck, der einst der kalte, klare See gewesen war, in dem er und Finn nach einem langen Arbeitstag schwimmen gegangen waren.

Er hatte keinen Zweifel daran, dass Finn sich dieses Mal mit seiner Entscheidung durchsetzen würde, und es war absolut das Richtige für ihn. Finn verdiente alles, was er gerade aufgezählt hatte, und was Callan sich für ihn wünschen wollte, aber alles, was Callan wirklich tun wollte, war, den Mann zu finden und ihn zu ficken, bis er versprach, dass er niemals gehen würde. Er wollte sich so tief in Finns Körper vergraben, dass ein Stück von ihm immer dort sein würde. Aber was Finn brauchte, war das Einzige, was Callan ihm nicht geben konnte. Er konnte Finn nicht an Stelle seiner Familie wählen ... an Stelle des Versprechens, das er seiner Mutter gegeben hatte, sich immer um seinen Vater zu kümmern, nachdem sie nicht mehr da war.

Sein Vater mochte zwar manchmal ein kaltherziger Scheißkerl gewesen sein, aber er hatte für Callan gesorgt, hatte ihn zur Schule geschickt, ihn das Geschäft gelehrt. Und er hatte Callans Mutter innig geliebt. Vielleicht, wenn die Dinge anders gewesen wären, wenn sein Vater nicht begonnen hätte, sich in der Dunkelheit seines eigenen Verstandes zu verlieren, hätte Callan gehen können. Er hätte seinen Vater zwingen können, ihn zu akzeptieren oder ihn gehen zu lassen. Aber diese Wahl war ihm genommen worden, genau wie die anderen Erinnerungen des Mannes. Was für ein Mensch wäre er, wenn er seinen eigenen Vater verlassen würde? Wenn er Tante Dolly im Stich lassen würde und die sich allein um ihn kümmern musste? Er kannte die Antwort: Die Art von Mensch, den jemand, der so gut und freundlich war wie Finn, niemals lieben könnte.

Kapitel Sechs

Rhys hörte, wie die Haustür geöffnet wurde, und wartete gespannt darauf, dass das Geräusch von Schritten sich in Richtung Küche bewegte, zu ihm. Mehrere Sekunden vergingen und alles, was er hörte, war das Geräusch einer anderen Tür, die geschlossen wurde. Rhys legte die Schachtel Spaghetti-Nudeln, die er gerade hatte kochen wollen, beiseite, und drehte beide Brenner am Herd ab. Er ging zu Finns Zimmer und klopfte leise an die geschlossene Tür. Es kam keine Antwort, also versuchte er es mit dem Knauf. Abgesperrt, wie gestern Abend.

Finn hatte sich nicht mehr blicken lassen, seit er nach ihrem Ausritt verschwunden war, und Rhys war nach seinem Zusammentreffen mit Callan angespannt. Ein klügerer Mann wäre wieder in die Küche gegangen, hätte sich eine Unmenge von Spaghetti gemacht, die er wegputzen konnte, während er irgendeinen dämlichen Film, der gerade lief, in dem zwanzig Jahre alten Fernseher im Wohnzimmer ansah, und damit den Abend beendet. Aber niemand hatte Rhys jemals wirklich beschuldigt, besonders klug zu sein, also schlug er mit der Faust gegen die Tür.

„Finn, mach auf!"

Nichts.

Rhys fühlte, wie bei dem anhaltenden Schweigen ein Anflug von Panik über ihn kam. Er kannte den jungen Mann erst seit knapp vierundzwanzig Stunden, aber Rhys wusste, dass ruhig und zurückgezogen nicht Finns Ding war, also eilte er in sein Zimmer und zog die kleine, schwarze Nylontasche heraus, die er in seiner Tasche verstaut hatte. Er ging zurück zu Finns Tür, suchte das Werkzeug, das er brauchte, und knackte das Schloss.

„Finn?", sagte Rhys leise, als er in den Raum trat, der von Schatten erfüllt wurde, während die Sonne unterging.

„Ich kann nicht, Rhys. Nicht heute Abend", hörte er Finn flüstern und seine Augen verfolgten die Stimme zu dem Körper, der zusammengerollt auf der anderen Seite des Bettes lag.

„Was kannst du nicht?", fragte Rhys sanft, als er zu der Seite des Bettes ging, auf der Finn lag, und sich vor ihm hinkniete. Finns Augen waren geschlossen, und Rhys konnte die Feuchtigkeit auf seinen Wangen sehen.

„Essen, trinken, reden, ficken", sagte er spitz. „Kann nicht", wiederholte er mit hohler Stimme.

Rhys fühlte tatsächlich mit Finn und er ertappte sich, wie er die Hand ausstreckte, um sein Gesicht zu streicheln. „Okay."

Finn kniff seine Augen bei der Berührung noch fester zu und Rhys vermutete, dass der junge Mann sich kaum noch zusammenreißen konnte. Er stand auf, aber anstatt das Zimmer zu verlassen, ging er auf die andere Seite des Bettes und zog seine Stiefel aus.

Er fühlte, wie Finn sich versteifte, als Rhys neben ihm ins Bett kroch und ihn an seine Brust zog.

„Rhys-", setzte Finn an und versuchte, sich zu befreien.

Rhys verstärkte seinen Griff und brachte seinen Mund dicht an Finns Ohr. „Lass mich dich einfach halten, Finn. Nichts anderes", sagte er leise und fühlte, wie ihn Erleichterung durchflutete, als Finn sich in seinen Armen entspannte. Jegliches Verlangen, dass er in diesem Moment gefühlt haben könnte, verflog, als ein Zittern und ein heftiges Schluchzen Finn durchliefen, und Rhys tat das Einzige, an das er denken konnte - er hielt ihn noch fester.

Rhys wachte am nächsten Morgen allein in Finns Bett auf. Er hatte nicht gespürt, wie Finn das Bett verlassen hatte, war aber fast die ganze Nacht wach gewesen, da Finn sich im Schlaf herumgewälzt hatte. Von all den Männern, mit denen Rhys zusammen gewesen war, hatte nur Tom jemals die Nacht bei ihm verbracht und der Mann war definitiv kein Kuschler gewesen, also war es eine völlig neue und überraschend angenehme Erfahrung gewesen, jemanden die ganze Nacht lang an sich gedrückt zu haben. Sie hatten angefangen mit Finns Rücken gegen Rhys' Vorderseite und das Gefühl von Finns knackigem Arsch, der seinen Schwanz jedes Mal berührte, wenn der Mann sich bewegte, ließ Rhys zugleich enttäuscht sein und dankbar, dass er seine Jeans angelassen hatte, als er in Finns Bett gestiegen war. Als Finn schließlich eingeschlafen war und sich dann umgedreht und gegen Rhys' Brust gekuschelt hatte, war Rhys körperlichen Schmerzen ausgesetzt gewesen und hatte zwischen ihre aneinandergedrängten Körper greifen müssen, um den Knopf und den Reißverschluss seiner Jeans zu öffnen. Er betete nur zu Gott, dass Finn das nicht bemerkt hatte. Und er hoffte wirklich, dass die Erektion, die er jetzt hatte, nicht da gewesen war, als Finn aufgestanden war.

Rhys zwang sich aus dem Bett und ging in sein Zimmer zurück, um sich zu waschen. Seine Augen brannten von dem Mangel an Schlaf und seine Muskeln protestierten bei jeder Bewegung, als er seine Kleider abstreifte und in die Dusche stieg. Er war noch nicht einmal zwei volle Tage bei der Arbeit und fühlte es schon überall. Kein Wunder, dass Callan und Finn so durchtrainierte Körper besaßen – sie hatten sich jeden Muskel verdient.

Ein plötzliches Bild von Callan und Finn, wie sie um ihn geschlungen waren, ließ Rhys nach seinem Schwanz greifen. Rhys war für Gleichberechtigung, wenn es darum ging, Top oder Bottom zu sein, aber jetzt fragte er sich, ob er beide Männer auf einmal nehmen könnte. Die Vorstellung, wie sie ihn beide zur gleichen Zeit füllten, im Team arbeiten, während sie in ihn hineinstießen und sich wieder zurückzogen, ließ ihn verzweifelt an seinem Schwanz ziehen. Es wäre Callans schweres Gewicht auf ihm, das ihn unten hielt, während Finn unter ihm nach oben stieß und sein Schwanz und Callans in Rhys rieben und pulsierten. Sein eigener Schwanz wäre zwischen ihm und Finn eingeklemmt und es würde nur die geringste Berührung von Finns kräftigen Händen nötig sein, um ihn zum Gipfel zu bringen.

„Fuck!" Rhys schrie auf, als seine Befreiung ohne Vorwarnung durch ihn schoss, und er schlug mit seiner freien Hand fest auf die Fliesen, um sich aufrecht zu halten. Der Orgasmus schien endlos zu sein, und Salven von Samen trafen die Duschwand, bevor sie sich mit dem heißen Wasser vermischten. Als das Zucken schließlich nachgelassen hatte, ließ er seine Stirn gegen den Arm sinken und stieß dann ein leises Lachen aus. Gott, er war sowas von gefickt.

Finn strich mit der Bürste sanft über Wests Gesicht, als das Tier seinen großen Kopf gegen Finns Brust drückte. Das Pferd passte perfekt zu ihm, aber das hätte ihn nicht überraschen sollen, da Cal derjenige gewesen war, der ihm das Tier vor zwei Jahren zum Geschenk gemacht hatte. Cal schien immer schon gewusst zu haben, was er brauchte, und die Tatsache, dass er ein lebhaftes, aber nahezu narrensicheres Pferd bekommen hatte, war nur ein weiterer Hinweis darauf, wie sehr Cal ihn beschützen wollte, nein, musste. Es war unheimlich, an ein Leben weg von dieser Ranch zu denken, weg von Cal.

Er hatte gestern Abend alle Kraft aufbringen müssen, die er besaß, um nicht zurück zu Cal zu laufen und ihm zu sagen, dass er seine Meinung geändert hatte, dass er bleiben würde. Also hatte er sich gezwungen, herumzulaufen, bis sich dieses Verlangen verringert hatte, und dann hatte er sich gezwungen, zu dem kleinen Haus zurück zu gehen, dass er mit dem anderen Mann teilte, der unwissentlich sein Leben verändert hatte. Es war nicht so, als würde er Rhys dafür verantwortlich machen, dass der ihm vor Augen geführt hatte, was ihm fehlte, aber das hatte es nicht leichter gemacht, dem Mann gegenüber zu treten, also war er in sein Zimmer geschlichen, um seine Wunden zu lecken.

Er war nicht überrascht gewesen, dass die verschlossene Tür den ehemaligen Cop nicht am Hereinkommen hatte hindern können, aber das Gefühl, wie Rhys ihn fest gegen seinen eigenen Körper zog, hatte etwas in Finn entfesselt, von dem er fürchtete, dass er nie wieder in der Lage sein würde, es einzufangen. Und der Teil, der ihm wirklich die Augen geöffnet hatte, war, dass Rhys es nicht wegen Sex getan hatte. Sich Rhys einfach nur als einen geilen Kerl auszumalen, der auf One-Night-Stands aus war, hatte es Finn möglich gemacht, ihn auf Abstand zu halten und jetzt war auch das verschwunden. Finn seufzte und legte seine Stirn gegen die von West. Er war in einen Mann verliebt, der diese Liebe nie erwidern würde, und jetzt sehnte sich sein Körper nach einem anderen, der unweigerlich wieder von ihm fortgehen würde.

„Morgen", hörte er Rhys sagen, als der die Scheune betrat und er spürte die Wärme des anderen Körpers, als der Mann hinter ihm stehen blieb.

„Morgen", erwiderte Finn. Er traute sich nicht zu, sich umzudrehen. Er konnte diesen Mann nicht noch mehr von seiner Schwäche sehen lassen als er ihm schon gezeigt hatte.

„Bist du schon eine Weile auf?"

Finn zuckte beiläufig mit den Schultern, dann trat er von West zurück und löste das Pferd von den Haltestricken. Rhys brauchte nicht zu wissen, dass er lange vor der eigentlichen Weckzeit aufgewacht war und einfach nur dort gelegen hatte, während er das Gefühl von Rhys' Armen, die um ihn geschlungen waren, genossen hatte, oder dass er sich gefragt hatte, wie es sein würde, Rhys mit einem tiefen, anhaltenden Kuss auf diese festen Lippen zu wecken - die Lippen, von denen er vor zwei Tagen nur eine kurze Kostprobe bekommen hatte. Waren wirklich nur zwei Tage vergangen, seit Rhys seine Welt auf den Kopf gestellt hatte?

„Wie lautet der Plan für heute?", fragte Rhys, als er einen Blick in jede leere Box warf. „Du hast sie bereits ausgemistet?", sagte er, als Finn West umdrehte und ihn aus dem Stall zu führen begann.

„Ja. Cals Pferd ist weg, also ist er wahrscheinlich schon los, um nach der Herde zu sehen. Der Wassertrog auf der Hauptweide muss entleert und gereinigt werden und dann müssen wir mit dem Ausdünnen des Misthaufens anfangen. Die Maschine ist vor ein paar Monaten kaputtgegangen, also werden wir es mit der Hand machen müssen", rief er über seine Schulter. Er lächelte über den ausgefallenen Fluch, den Rhys von sich gab, und führte dann West auf die Weide.

Rhys wusste, dass er als glücklicher Mann sterben würde, wenn er für den Rest seines Lebens nie wieder einen Haufen Pferdescheiße schaufeln müsste. Er hatte versucht, Finn im Laufe des Vormittags in ein ungezwungenes Gespräch zu verwickeln, aber der junge Mann war hartnäckig stumm geblieben. Rhys hatte immer noch keine Ahnung, was zwischen ihrem Ausritt gestern und Finns Zusammenbruch letzte Nacht geschehen war. Es war, als wäre der fröhliche Kerl, den er vor zwei Tagen getroffen hatte, verschwunden und hätte eine hohle Hülle aus Fleisch und Knochen an seiner Stelle zurückgelassen. Er erinnerte sich daran, dass sein Plan lautete, sich aus der Sache raus zu halten, aber als er sah, dass Finn sich bei der Arbeit bis zu dem Punkt trieb, an dem er kaum noch stehen konnte, stieß Rhys einen Fluch aus und packte Finn am Arm.

„Lass uns eine Pause machen", sagte er, als er Finn zum Waschplatz zerrte und das Wasser anstellte.

„Mir geht es gut", beharrte Finn.

„Ja, ich weiß. Das sagtest du schon", entgegnete Rhys trocken. Er reinigte seine Hände und Arme, dann senkte er den Kopf, so dass er den Schlauch darüber halten konnte. Das Wasser war nicht kalt, aber es fühlte sich dennoch gut an, wie es durch sein Haar nach unten lief und in sein Hemd sickerte. Er schob den Schlauch in Finns Hände und warf ihm einen warnenden Blick zu. Einige Sekunden vergingen, bevor Finn schließlich seine eigenen Arme und Hände wusch, und dann mit den Händen etwas Wasser durch seine Haare strich.

„Wirst du mir sagen, was letzte Nacht zwischen dir und Callan passiert ist?", fragte er schließlich.

Finn drehte das Wasser ab und wickelte den Schlauch auf. Eine Zeitlang dachte er, dass Finn ihm vielleicht nicht antworten würde, aber dann sagte er schließlich: „Hab meine Kündigung eingereicht."

„Gut", sagte Rhys.

Finn war von der Reaktion erstaunt. „Gut?", wiederholte er leise. Er hatte einen Streit oder die Frage nach einer Erklärung erwartet.

„Ja. Ist ja verdammt nochmal Zeit", murmelte Rhys, als er in den Stall ging und begann, die einzelnen Wassereimer aus jeder Box einzusammeln.

Der Mangel an Sympathie machte Finn wütend. „Warum sagst du das?"

„Weil du etwas Besseres verdient hast", sagte Rhys ohne Zögern oder Boshaftigkeit, womit er sofort die aufkeimende Wut auslöschte, die in Finn aufgestiegen war. Er hatte erwartet, dass Rhys ihm vorwarf, so lange gewartet zu haben.

„Was Besseres als was?", fragte Finn ihn.

Rhys sah von dem, was er tat, auf, und seine dunklen Augen nagelten Finns fest. „Einfach nur besser", antwortete er, bevor er den Eimer von dem Haken nahm, an dem er hing, und aus der Box trat, wobei sein Körper Finn leicht streifte, als der Mann sich an ihm vorbei bewegte.

Finn hielt nicht inne, um über die Auswirkungen von dem, was er tat, nachzudenken. Stattdessen packte er Rhys' freien Arm und hielt dessen Vorwärtsbewegung auf. Sie standen so für einige lange Sekunden da, bevor etwas durch Rhys' dunkle Augen huschte und dann stürzte sich dieser Mund auf seinen. Der Wassereimer knallte auf den Boden und spritzte Wasser über sie beide, als Rhys seine Arme um Finn schlang und ihn an seinen Körper zog, während er seine Zunge in Finns Mund schob.

Nichts hatte Finn auf die überwältigenden Empfindungen vorbereitet, die durch ihn rasten, als Rhys ihn eroberte. Selbst der Kuss von ein paar Tagen zuvor verblasste im Vergleich zu dem, was jetzt mit ihm geschah. Funken brannten unter seiner Haut, als Rhys' Finger sich in seine Hüften gruben und diese geschickte Zunge jeden Winkel von Finns Mund erkundete. Etwas zog sich in seinem Bauch zusammen und sein Schwanz drückte schmerzhaft gegen seine Jeans. Er brauchte mehr, obwohl er nicht ganz sicher war, was *mehr* bedeutete.

Finn musste sich an etwas festhalten, also schlang er seine Arme um Rhys' Rücken und umklammerte mit seinen Händen die Schultern des anderen Mannes. Er fühlte, wie eine von Rhys' Händen seinen Arsch streichelte, dann schoben sich diese erstaunlichen Finger unter den Bund seiner Jeans und die raue Haut berührte die kleine Wölbung seines Rückens und glitt dann tiefer. Finn stöhnte bei dem Gefühl von Rhys' Fingern, die seine Spalte erforschten, und er musste den Mund von dem Mann reißen, um einen Atemzug einsaugen zu können. Ihre Schwänze rieben aneinander, als Rhys ihn näher an sich zog, seine Lippen auf seinen Hals presste und kräftig saugte. Er markierte ihn.

„Finn!"

Finn riss sich beim Klang von Cals Stimme von Rhys los und sah sich wie wild um. Cal rief ihn von irgendwo draußen, somit hatte er nicht gesehen, was sie machten. Erleichterung durchflutete ihn und er wandte sich wieder Rhys zu, erstarrte aber, als er die Wut in den Augen des anderen Mannes schwelen sah.

„Rhys", begann Finn, wohl wissend, dass er gerade so richtig verschissen hatte.

„Finn!", rief Cal wieder.

„Mach dir keinen Kopf deswegen", murmelte Rhys, als er mit seiner Hand über seine Lippen wischte wie um Finns Geschmack loszuwerden. Schmerz und Enttäuschung erfüllten Finn bei dem Anblick. Er folgte Rhys zur Hintertür und sah Cal sein Pferd zum Halten bringen. Über seinen Schoß war ein kleines, schwarzes Kalb drapiert, von dessen Seiten Blut tropfte.

„Ruf Doc Sanders an", sagte er zu Finn. „Rhys, pack mal mit an."

Kapitel Sieben

„Was ist passiert?", fragte Rhys, als er die Hände nach oben streckte und Callan ihm vorsichtig das Tier reichte.

„Jemand hat den Zaun durchgeschnitten", sagte Callan mit einem Knurren und stieg ab. „Hab ihn darin verfangen aufgefunden."

Rhys fühlte Blut in sein Hemd sickern, als er das Tier in den Stall trug. Er vermutete, dass das Kalb weniger als einen Zentner wog, aber das glitschige Blut machte es schwierig, es zu halten, und er war froh, als Callan neben ihm erschien und eine Pferdedecke auf den Zementboden im Gang warf und ihm dann half, das Kalb sanft darauf zu legen. Finn erschien mit einem schnurlosen Telefon in der Hand. Er war bleich, als er auf den Boden neben ihnen sank.

„Wie lange dauert es, bis er hier ist?", fragte Callan.

„Er kommt nicht. Die in der Praxis sagten, er wäre den ganzen Tag ausgebucht."

Callan schlug die Augen nieder und Finn verschränkte die Arme, als ob er Schmerzen hätte. „Hast du ihnen gesagt, dass es ein

Notfall ist?", fragte Rhys mit steigender Wut, da die beiden einfach nur dasaßen.

„Es spielt keine Rolle. Er wird nicht kommen", sagte Callan entmutigt. Er stand auf und ging zu seinem Pferd zurück. Sekunden später erschien er mit einem Gewehr in der Hand.

„Nein! Auf keinen verdammten Fall", fauchte Rhys und hob das Tier hoch.

„Rhys", sagte Finn leise.

„Hol den Truck, Finn", befahl Rhys. Als Finn sich nicht bewegte, schrie Rhys: „Hol den gottverdammten Truck!"

Finn richtete seinen Blick auf Callan, aber Rhys war nicht sicher, ob der andere Mann seine Erlaubnis erteilte oder nicht. Ehrlich gesagt war es ihm egal. Er begann in Richtung der Vorderseite des Stalls zu gehen. Finn brachte den Truck und Rhys eilte zur Ladefläche. Callan erschien neben ihm.

„Gib ihn mir", sagte Callan. Rhys zögerte, dann reichte er ihm das Kalb, damit er auf die Ladefläche des Pickups klettern konnte. Callan reichte ihm das Tier wieder, dann nahm er das Gewehr, das er gegen den Truck gelehnt hatte. Er reichte Finn die Waffe und sagte: „Kannst du die Herde zurücktreiben und mit dem Zaun anfangen? Nur wenige waren durchgegangen, als ich ihn fand." Er deutete auf das Kalb.

Finn nickte und hob seinen Blick zu Rhys. Rhys konnte das Bedauern in den Augen des anderen Mannes sehen, aber er zwang sich, sich auf das viel zu reglose Tier in seinen Armen zu konzentrieren.

Rhys musste Callans Fahrkünste bewundern, weil sie es schafften, innerhalb von zehn Minuten in der Praxis des Tierarztes am Rande der Stadt zu sein, eine Fahrt, die viel länger gedauert hatte als Rhys vor zwei Tagen raus auf die Ranch getrampt war.

Die Tierarztpraxis war ein baufälliges Gebäude mit einem kleinen Schuppen an der Seite und einigen Hundezwingern dahinter. Es standen nur wenige Autos auf dem Parkplatz und Callan zögerte nicht, direkt vor der Eingangstür zu halten, wobei er nur um

Haaresbreite eine kleine alte Dame verfehlte, die mit einem winzigen braunen Hund in ihren Armen durch die Eingangstür trat.

„Tut mir leid, Ma'am", murmelte Callan, als er Rhys das Kalb abnahm, damit der von der Ladefläche klettern konnte. Die Frau öffnete überrascht den Mund, als er und Callan an ihr vorbei eilten und er vermutete, dass der Anblick von dem Kalb zusammen mit dem Blut auf Rhys Hemd nicht alltäglich waren.

Rhys öffnete die Tür und Callan eilte hinein und brüllte: „Ich brauche Hilfe!" Er erwartete, dass Leute herbeilaufen würden, aber da hatte er sich geirrt. Zwei Kunden saßen im Wartebereich, deren Augen bei dem Anblick immer größer wurden. Eine junge Frau - eine Arzthelferin, vermutete Rhys - begann, sich ihnen zu nähern, aber die Frau hinter der Rezeption hielt sie mit einem scharfen Blick auf, dann richtete sie ihren frostigen Blick auf Callan.

„Mr. Bale, wie ich Ihrem ... Mitarbeiter bereits erklärte", sagte die Rezeptionistin angewidert, „ist Dr. Sanders komplett ausgebucht."

Rhys war ganz still geworden, als die Frau Finn auf diese Weise bezeichnet hatte, und er war so angewidert, dass er tatsächlich über den Tresen nach ihr greifen wollte, doch Callan setzte seinen Körper ein, um ihn zu stoppen. „Das meinen Sie doch wohl nicht ernst!", fuhr er die Frau an. Er warf einen Blick auf die Arzthelferin, die neben der Frau stand, aber die verharrte nur stumm mit weit aufgerissenen und unsicheren Augen.

Rhys begann, zu der Seitentür zu gehen, als die geöffnet wurde und ein älterer Mann in einem weißen Kittel heraustrat, dessen dünnes, silbernes Haar zur Seite gekämmt war. Seine Augen verengten sich, als er sie auf Callan richtete.

„Gibt es hier ein Problem, Anita?", fragte er die Rezeptionistin, obwohl sein selbstgefälliger Blick Callan nicht verließ.

„Ich habe Mr. Bale darüber informiert, dass Sie nicht verfügbar sind", sagte die Frau abfällig.

„Dr. Sanders", sagte Rhys. Der hochnäsige Blick des Mannes richtete sich auf ihn. „Wie Sie sehen können, ist dieses Tier schlimm verletzt-"

„Mrs. Parsons, kommen Sie doch bitte durch“, sagte Dr. Sanders zu einer der Frauen, die im Wartebereich saßen, obwohl seine Augen auf Rhys gerichtet blieben.

„Rhys, lass uns gehen“, sagte Callan kalt, eindeutig nicht überrascht von diesem Empfang.

„Lieber Gott, wollen Sie mich verdammt nochmal verarschen?“, rief Rhys. „Sie würden tatsächlich dieses Tier sterben lassen, nur um jemandem zu trotzen, den Sie nicht mögen?“

„Rhys!“

Rhys drehte sich um, um Callan anzusehen, frustriert, weil der nichts tat. Aber dann setzte die Realität ein - was hier geschah war für ihn oder Finn nicht neu. Sie erlebten das jeden Tag - erlebten es schon seit zwei Jahren immer wieder.

„Mr. Bale?“

Alle Köpfe drehten sich zu der alten Frau vom Parkplatz, die im Türrahmen stand und den braunen Hund liebevoll in ihren welken Armen wiegte. „Du bist Dollys Neffe, nicht wahr?“, fragte sie Callan.

Er nickte steif und bereitete sich eindeutig auf einen weiteren Angriff vor.

„Es gibt einen neuen Tierarzt, der gerade erst letzte Woche in die Stadt gezogen ist. Er ist noch nicht eingerichtet oder so, aber vielleicht kann er euch helfen. Dr. Winters. Er ist im alten Humphries-Haus. Kennst du es?“, fragte sie.

Callan bewegte sich bereits auf die Tür zu. „Ja, Ma’am. Vielen Dank.“

„Ihr fahrt jetzt los, und ich werde ihn anrufen, um ihn wissen zu lassen, dass ihr kommt“, befahl sie, während sie zur Rezeption marschierte und sich auf die Zehenspitzen stellte, so dass sie das Telefon erreichen konnte. Sie klemmte ihren Hund unter einen Arm, packte dann das ganze Telefon mit ihrer freien Hand und zog es auf die Theke nach oben, damit sie wählen konnte.

„Mrs. Greene“, begann der Tierarzt, aber sie brachte ihn mit einem scharfen Blick zum Schweigen und er klappte seinen Mund zu.

„Wendy, seien Sie ein Schatz und suchen Sie mir die Nummer von Dr. Winters heraus", sagte sie süßlich zu der Arzthelferin, die sich beeilte, der Aufforderung nachzukommen.

Rhys folgte Callan aus der Tür und nahm ihm das Kalb ab, sobald er wieder auf die Ladefläche des Trucks geklettert war. „Greene? Irgendeine Beziehung zu-"

Callan nickte steif. „Sie ist Hunter Greenes Großmutter."

„Mach du es", murmelte Rhys und widerstand dem Drang, seine Hände auf die Ohren zu legen um den Lärm des schreienden Babys zu dämpfen. Das Letzte, was er erwartet hatte, als sie bei Dr. Dane Winters Haus ankamen, war, eine Babyschale mit einem schlafenden Baby in die Hand gedrückt zu bekommen.

„Ich habe überhaupt keine Ahnung von Kindern", schnappte Callan.

„Und du glaubst, ich hätte welche?", schoss Rhys zurück, während er seinen Stiefel benutzte, um den Autositz sanft hin und her zu schaukeln in der Hoffnung, damit würde das Kind wieder schlafen, was es getan hatte, als sie angekommen waren.

Dane Winters war ganz anders als sie es erwartet hatten, aber Rhys war erleichtert gewesen, dass der Mann sie in der Einfahrt begrüßt und zu einem kleinen Gebäude hinter dem alten Haus im viktorianischen Stil geführt hatte. Rhys hatte nicht einmal bemerkt, dass der Tierarzt das Baby trug, bis der Mann Rhys und Callan gebeten hatte, nach dem Kind zu sehen, während er sich um das Kalb kümmerte. Callan hatte es geschafft, sich daran zu erinnern, seine Hände zu waschen, bevor er die Babyschale gepackt hatte und sie in den Warteraum gegangen waren, oder vielmehr in das, was wie Rhys vermutete, eines Tages der Warteraum sein würde, da ein paar Klappstühle aus Plastik, die in einem Meer von Kisten in einer Ecke standen, wahrscheinlich nicht wirklich zählten.

„Er sagte, wir sollen ihr die Flasche geben, wenn sie quengelig wird", sagte Callan, als er vorsichtig die Windeltasche durchsuchte, die Rhys irgendwie auch übersehen hatte. „Hier", sagte er und schob ihm die Tasche zu.

„Warum zum Teufel sind da all diese Fächer drin?", murmelte Rhys, als er den Inhalt durchsah und schließlich etwas fand, von dem er annahm, dass es die Milch für das Baby war.

Callan versuchte, die Gurte der Babyschale zu lösen und fragte: „Gibt es da drin ein Handtuch oder eine Decke, oder sowas?"

Callan rollte die blutigen Ärmel seines Arbeitshemdes hoch und nahm die flauschige Decke mit rosa und grauen Elefanten, die Rhys ihm reichte, und hängte sie über seine Schulter, damit das Baby nicht mit dem getrockneten Blut auf seinem Hemd in Kontakt kommen würde. Es dauerte ein paar Minuten, um das sich windende Baby aus dem Sitz zu manövrieren, aber er schaffte es, das kleine Mädchen an seine von der Decke bedeckte Brust zu schmiegen. Rhys reichte ihm die Flasche und schrie fast vor Freude, als das Baby sofort daran zu saugen begann und das Zimmer in selige Stille getaucht wurde.

„Gott sei Dank", sagte er, als er die Windeltasche auf den Boden stellte. Er beobachtete amüsiert, wie der große Mann ungelenk dastand und das Baby ihn anstarrte, während sie aus der Flasche trank.

„Steht dir gut", sagte Rhys mit einem Lächeln, dann musste er über den entsetzten Ausdruck, der auf Callans Gesicht erschien, fast lachen. „Was, hast du noch nie über Kinder nachgedacht?"

„Nein", brachte Callan erstickt hervor.

Rhys lehnte sich in seinem Stuhl zurück. „Schade, dass Finn nicht hier ist. Ich wette, er wäre ein Naturtalent darin." Ein Funken Sehnsucht blitzte in Callans Augen auf, bevor er sich abwandte und ein paar Schritte zum Fenster ging. „Hab gehört, dass er seine Kündigung eingereicht hat", begann Rhys. Callan versteifte sich etwas, reagierte aber sonst nicht. „Wahrscheinlich ist es das Beste. Sobald er weg ist, werden alle deine Probleme mit ihm gehen, nicht wahr?" Immer noch nichts.

Einige Minuten vergingen, bevor Callan sich umdrehte und das jetzt schlafende Baby sanft zurück in seine Schale legte. Er machte sich nicht die Mühe, ihr den Gurt anzulegen, drehte die Babyschale aber um, so dass das Baby von ihnen abgewandt war. Dann, ohne Vorwarnung, packte Callan Rhys am Kragen, zog ihn aus dem Stuhl und knallte ihn gegen die Wand.

„Wenn du so eine Scheiße über Finn nochmal zu mir sagst, werden wir ein Problem haben!", sagte er barsch, obwohl Rhys vermutete, dass er seine Stimme wegen dem Baby gedämpft hielt.

„Wirst du mich wieder feuern, großer Mann?", sagte Rhys leichthin, obwohl sein Körper angespannt war von dem Adrenalinschub, den Callans Körper, der sich gegen seinen drückte, und die große Hand an Rhys Kehle, auslösten. Rhys wagte es, seine Hand zu der Erektion zu senken, mit der Callan seiner Vermutung nach kämpfte, und er wurde nicht enttäuscht. „Oder wirst du etwas anderes mit mir machen?", sagte er gedehnt.

Das Verlangen, diesen Mann so weit zu treiben, dass er die Kontrolle verlor, war überwältigend, und er hörte tatsächlich auf zu atmen, als Callan den Blick zu seinem Mund senkte. Rhys streichelte Callan durch dessen Hose und wurde belohnt, als Callan seine Hand ergriff. Aber Callan hielt ihn nicht auf. Er bedeckte nur Rhys' Finger mit seinen eigenen und folgte der Bewegung, als Rhys immer und immer wieder über seine Härte rieb.

Das Geräusch von Schritten veranlasste Callan, abrupt von Rhys weg zu treten, und die ganze Luft strömte auf einmal aus seinen Lungen, was ihm schwindelig werden ließ.

„Mr. Bale", sagte der Tierarzt, als er in den Warteraum kam. Seine Augen huschten von Callan zu Rhys, dann ging er zu der Babyschale und beugte sich hinunter, um nach dem Baby zu sehen.

„Nennen Sie mich Callan", gelang es Callan zu sagen, wobei seine Stimme ein bisschen wackelig klang.

„Dem Kalb geht es so gut, wie man in Anbetracht der Umstände erwarten kann. Ich habe ihn zugenäht und die Flüssigkeit hilft ihm, den Schock zu überwinden. Er ist nicht über den Berg, aber ich denke, ihr Jungs habt ihn rechtzeitig gefunden", sagte

Dr. Winters, während er die Babyschale vom Boden hochhob und sie auf einen der Stühle stellte. Seine Augen wurden weich, als er bewundernd auf das Baby sah. Rhys vermutete, dass der Mann Anfang Vierzig war und nur die geringste Spur von Silber schimmerte in seinen schokoladenbraunen Haaren. Dunkelbraune Augen schmolzen, als er zusah, wie das Baby sich tiefer in die Schale kuschelte.

„Danke, Dr. Winters", sagte Callan.

„Dane, bitte", antwortete der Mann. „Danke, dass ihr für mich ein Auge auf Emma geworfen habt. Wir versuchen immer noch, uns hier einzurichten, und ich hatte noch keine Gelegenheit, jemanden zu finden, der mir hilft, nach ihr zu sehen."

„Wir schätzen es einfach, dass Sie einen Blick auf das Kalb geworfen haben", warf Rhys ein und streckte die Hand aus, um Dane die Hand zu schütteln.

„Kein Problem. Ich habe noch nicht entschieden, ob ich sofort eine neue Praxis aufmachen werde, aber ich bin froh, dass ich helfen konnte."

„Sind Sie und Ihre Frau gerade erst hergezogen?", fragte Rhys.

„Ja, von L.A. Aber ich bin nicht mehr verheiratet. Ich habe vor vier Monaten meinen Mann verloren", sagte Dane sachlich-nüchtern.

„Sorry", gelang es Rhys zu sagen, aber um die Wahrheit zu sagen, war er mehr als überrumpelt davon, dass der Mann schwul war.

„Wie alt ist sie?", hörte er Callan fragen.

„Sechs Monate", sagte Dane mit einem leichten Zittern in seinem Ton. Er zwang ein Lächeln auf seine Lippen und sagte: „Ich würde das Kalb gerne über Nacht hierbehalten, wenn das für Sie in Ordnung ist."

Callan nickte, dann zog er seine Brieftasche heraus. „Wie viel schulde ich Ihnen, Doktor?" Rhys sah zu, wie Callan nervös die wenigen Scheine zählte, die er in seiner Brieftasche hatte.

Der Tierarzt musste es auch bemerkt haben, denn er sagte: „Eigentlich habe ich einen Vorschlag für Sie. Mrs. Greene erzählte mir, dass Sie gelegentlich Pferde unterbringen würden, und ich frage mich, ob Sie bereit sein könnten, einen kleinen Deal zu machen?"

Rhys wusste aus den Gesprächen mit Finn, dass die einzigen Pferde auf Callans Ranch seine eigenen waren, wenn er also einmal welche aufgenommen hatte, vermutete Rhys, dass die Besitzer sie nach Finns Zusammentreffen mit Hunter Greene und dessen Vater weggeholt hatten.

„Haben Sie ein Pferd unterzustellen?", fragte Callan etwas misstrauisch.

Dane nickte. „Mein Mann hat dieses Anwesen und alles, was dazu gehört, geerbt, als seine Tante und sein Onkel im vergangenen Jahr bei einem Autounfall ums Leben gekommen sind. Kirby ist ein schönes, ruhiges Pferd, und ich habe beschlossen, ihn für Emma zu behalten", sagte er und deutete auf seine Tochter, die noch selig schlief. „Der Stall hier ist in einem ziemlich schlechten Zustand, also lasse ich ihn nächste Woche abreißen und neu aufbauen. Ich hasse es, dass Kirby keinen Platz haben wird, um der Hitze zu entkommen. Was sagen Sie?"

Rhys wollte Callan schubsen, weil der den Tierarzt so düster ansah. Vertrauen war eindeutig etwas, das Callan irgendwann abhanden gekommen war, und ein Mann wie er würde Barmherzigkeit oder Mitleid nicht sonderlich gut annehmen. Er entspannte sich schließlich und streckte seine Hand zu dem Tierarzt aus. „Hört sich gut an. Ich kann Kirby morgen mitnehmen, wenn ich das Kalb abholen komme", bot Callan an.

„Das wäre großartig. Danke", sagte Dane und schüttelte Callans Hand. Er hatte ein breites Lächeln auf seinem freundlichen Gesicht. Sie folgten Dane aus dem Gebäude hinaus und winkten ihm zu, als er seine Tochter ins Haus trug.

„Denkst du, dass er eine Ahnung hat, in was für eine abgefuckte Stadt er gezogen ist?", fragte Rhys.

Callan grunzte und ging zum Wagen. Rhys stieg auf der Beifahrerseite ein und innerhalb von Minuten waren sie wieder auf dem Feldweg, der zur Ranch führte. Callan schien nervös und angespannt, da seine Finger auf das Lenkrad trommelten, aber Rhys war zu erschöpft, um zu versuchen, den launischen Mann in ein Gespräch zu verwickeln.

Plötzlich trat Callan kräftig auf die Bremse, so dass Rhys nach vorne geworfen wurde, und legte den Park-Gang ein.

„Was zum-", sagte Rhys einen Augenblick, bevor Callan über den Sitz griff, ihn am Hals packte und seinen Mund auf den von Rhys presste. Die Lust, die durch Rhys raste, war augenblicklich, und sein ganzer Körper stand in Flammen wie ein Buschfeuer, als Callans Zunge über seine Lippen leckte, auf der Suche nach Einlass. Doch bevor er reagieren konnte, zog Callan sich zurück, ließ jedoch Rhys' Hals nicht los.

Callan senkte seine Stirn zu Rhys und die Geräusche ihres schweren Atmens schienen tatsächlich lauter zu sein als der Truck im Leerlauf. Rhys' Hand hatte irgendwie den Weg zu Callans Oberschenkel gefunden und die Muskeln waren angespannt unter seiner Handfläche, als Callan zu versuchen schien, seine Kontrolle wieder zu erlangen. Er wusste, Callan würde sich jeden Augenblick von ihm zurückziehen, den Gang einlegen und sie würden beide versuchen, zu vergessen, dass es geschehen war - sie würden es einfach auf die traumatischen Ereignisse des Tages zurückführen.

Aber Callan zog sich nicht zurück, ließ ihn nicht los. Stattdessen fanden diese Lippen wieder den Weg zu ihm und Callan küsste ihn sanft, fast andächtig. Rhys wusste, dass es verrückt war, aber Callans plötzliche Zärtlichkeit schien irgendwie wie eine Entschuldigung. Rhys öffnete den Mund für Callans suchende Zunge und stöhnte zufrieden, als sein Mund erforscht wurde und geradezu verehrt. Callan küsste ihn, als hätte er alle Zeit der Welt, und Rhys fühlte, wie sich die Hitze von seinem Bauch zu seinen Lenden ausbreitete, als das Verlangen stärker wurde. Er schob seine Zunge in Callans Mund um eine Kostprobe von ihm zu bekommen, dann benutzte er sein Gewicht, um Callan zurück gegen den Sitz zu drücken. Es war nur ein wenig Manövrieren nötig, bevor er auf dem größeren Mann ausgestreckt war. Er packte Callans Arme und hielt sie über dessen

Kopf fest, damit er Callans Mund erforschen konnte, wie er es wollte, aber in der Sekunde, als seine Finger sich um Callans Handgelenke schlossen, erstarrte der andere Mann und dann war es, als wäre sein ganzer Körper einfach abgeschaltet worden.

Rhys zog sich etwas zurück und sah, dass Callan seine Augen zugekniffen hatte und sein Gesicht angespannt war, als hätte er Schmerzen. „Callan", sagte Rhys sanft, als er vorsichtig Callans Handgelenke freigab. „Callan, sieh mich an", befahl Rhys leise, als eine Welle der Erkenntnis durch ihn ging. Der Mann hatte genossen, was zwischen ihnen passiert war, bis Rhys die Kontrolle über-nommen hatte - ihn festgehalten hatte. Aber anstatt vor Angst oder Wut auszurasten, machte Callan gar nichts mehr, war wie erstarrt.

Sorge erfüllte Rhys bei dem völligen Mangel an Reaktion. „Cal-lan, bitte, öffne deine Augen, Baby. Du bist sicher", sagte er, als er mit seinen Fingern an Callans angespanntem Kiefer entlang strich. Die Zähne des Mannes knirschten so heftig, dass Rhys fürchtete, er würde sich weh tun. Rhys hob vorsichtig sein ganzes Gewicht von Callan, fuhr aber fort, ihn sanft zu streicheln. Schließlich fühlte er, wie sich etwas von der Spannung in Callans Körper löste, und der Mann öffnete seine Augen und konzentrierte sich auf Rhys. Etwas in ihm schien wieder zu erwachen, und er drückte nach oben, dann griff er nach dem Türgriff und stolperte aus dem Wagen. Rhys folgte ihm und beobachtete, wie er mit tiefen Atemzügen Luft holte, während er darum kämpfte, die Kontrolle über sich wiederzuerlangen.

Was zum Teufel hatte er getan? Callan versuchte, Luft zu bekommen, aber seine Brust schmerzte so sehr, dass jeder Atemzug nur unnütz durch ihn zu rauschen schien. Er spürte eine warme Handfläche, die sich auf seinen Rücken legte und dann in großen Kreisen rieb, aber die Berührung machte alles nur noch schlimmer, also zog er sich zurück. Er fühlte, wie Rhys' wissender Blick auf ihm brannte, also machte Callan mehrere Schritte vom Truck weg und war froh, dass er Rhys nicht folgen hörte. Er beugte sich vor, schloss die Augen und zwang sich dazu, sich auf nur einen Atemzug zu konzentrieren, einzuatmen und wieder aus. Dann noch einen. Er war sich nicht sicher, wie lange er das machte, aber der stechende Schmerz ging schließlich weg und wurde nur durch einen Knoten aus Scham tief in seinem Bauch ersetzt. Nicht nur, dass er sich geoutet hatte, er hatte es auch noch mit einem Mann getan, an dem Finn interessiert war, wie er nur zu gut wusste. Schlimmer noch, Rhys hatte seine geheime Schande mitbekommen.

„Bist du in Ordnung?", hörte er Rhys von direkt hinter sich fragen. Das Mitleid in der Stimme des anderen Mannes war der Beweis, dass Rhys ahnte, was Callans Reaktion verursacht hatte. Callan bekam ein kurzes Nicken hin, schob sich dann vorbei an dem anderen Mann und ging zurück zum Truck.

„Wir sollten los. Finn hat wohl alle Hände voll zu tun mit dem Zaun."

„Wir müssen über das reden, was da gerade passiert ist, Callan", hörte er Rhys sagen.

Callan stieg in den Wagen und hielt seine Augen geradeaus gerichtet, als Rhys zu dem Beifahrersitz zurückkehrte. In dem Moment, als die Tür geschlossen war, legte er den Gang ein und gab Gas. Er war froh, dass Rhys ihn nicht weiter bedrängte. Als sie vor dem Stall ankamen, legte er den Park-Gang ein und stellte den Motor ab, stieg aber nicht aus. Rhys saß still neben ihm, als ob er auf Callans nächsten Zug wartete.

„Er darf nichts davon erfahren", sagte Callan leise. Es tat ihm wirklich leid für Rhys, als er die Unentschlossenheit über das Gesicht des anderen Mannes huschen sah.

„Er hat ein Recht darauf, es zu wissen", antwortete Rhys.

Callan seufzte, dann sah er aus dem Fenster auf das Land hinaus. Gott, die Ranch war am Auseinanderfallen. Wo er auch hinsah erblickte er etwas, das Aufmerksamkeit benötigte, und er fühlte sich plötzlich überwältigt von allem. Er kämpfte eine verlorene Schlacht und er wusste es, und es gab absolut keinen Ausweg.

„Ich bin so müde, Rhys", gestand er, als er das Brennen von Tränen spürte. „So verdammt müde."

Rhys verspürte den überwältigenden Drang, Callan an sich zu ziehen, als er sah, wie alle Kampfbereitschaft den Körper des anderen Mannes verließ. Er streckte die Hand aus und strich mit den Fingern durch das weiche Haar über Callans rechtem Ohr. Sein Cowboyhut war während ihres Zusammentreffens vorhin irgendwie auf dem Rücksitz des Wagens gelandet und Rhys fiel auf, dass er Callan noch nie ohne ihn gesehen hatte.

Callan schien sich tatsächlich Rhys' Berührung entgegen zu lehnen, und dann legte er seinen Kopf nach hinten gegen den Sitz, als Rhys fortfuhr, ihn zu streicheln. „Vielen Dank für das, was du heute für das Kalb getan hast. Manchmal ist es zu viel, weißt du?", sagte er und richtete seine Augen auf Rhys.

„Was ist zu viel?", fragte Rhys sanft.

„Kämpfen. Wir tun es schon so lange, dass es manchmal einfach leichter ist, es nicht zu tun, denke ich." Callan schloss wieder seine Augen. „Wenn du es ihm sagst, wird er nie gehen, das weißt du."

Rhys nahm seine Hand von Callans Haar. Sein Bauchgefühl sagte ihm, dass es falsch war, ein Teil von Callans Lüge zu sein, aber es stand ihm nicht zu, diese Wahrheit zu verraten, nicht wahr?

„Wenn Finn denkt, dass er irgendeine Chance auf ein Leben mit mir hat, wird er nie weiterziehen. Er wird hier bleiben, in einer Stadt, die ihn bestraft, weil er sich weigert, jemand zu sein, der er nicht ist", erinnerte Callan ihn.

„*Hat* er denn eine Chance mit dir?" Rhys hielt den Atem an während er auf die Antwort wartete, ohne sich sicher zu sein, warum es überhaupt wichtig war und welche Antwort er eigentlich hören wollte.

Callan reagierte nicht und Rhys war nicht überrascht. Welche Geheimnisse auch immer dieser Mann hatte, sie waren tief in ihm

verborgen. Ein bisschen Rumgeknutsche würde ihn nicht dazu bringen, sich Rhys gegenüber plötzlich auf magische Weise zu öffnen.

„Ich werde es ihm nicht sagen", sagte Rhys schließlich. „Aber was
zwischen uns passiert ist, darf nicht noch einmal passieren. Ich werde
ihm nicht weh tun", erklärte er, als er nach dem Türgriff des Wagens
griff. Er zögerte, dann warf er einen Blick zurück auf Callan. „Vielleicht wäre es nicht so schwer zu kämpfen, wenn du Finn neben dir
stehen lassen würdest, anstatt hinter dir. Er ist kein Kind, Callan.
Und ich glaube, du wärst ein verdammter Narr, ihn gehen zu lassen."

Kapitel Acht

Finn starrte an die Decke über ihm und versuchte, den Knoten aus Angst in seinem Magen zu bezwingen. Der Tag war von Anfang bis Ende total beschissen gewesen und den einzigen kleinen Lichtblick hatte der Kuss mit Rhys geboten. Und dann hatte Finn das auch noch versaut. Jede Hoffnung, dass Rhys ihm diesen Übergriff verzeihen könnte, hatte sich auf aufgelöst, als Cal und Rhys gekommen waren, um ihm bei der Instandsetzung des Zauns zu helfen. Beide Männer hatten Abstand von ihm gehalten und Rhys hatte nur knappe, einsilbige Antworten gegeben, als Finn ihn nach dem Zustand des Kalbs gefragt hatte. Er hatte gehofft, dass sich die Dinge ändern könnten, sobald sie zurück ins Haus kamen, aber Rhys hatte sich ein Sandwich gemacht und war dann in sein Zimmer verschwunden. Finn hatte sich nicht fürs Essen interessiert, da er sich sowieso nicht sicher war, ob er etwas bei sich behalten könnte, also war er unter die Dusche gegangen und dann ins Bett gekrochen. Das war vor drei Stunden gewesen, und er konnte noch immer nicht einschlafen.

Wie hatte er die Sache nur so sehr vermasseln können? Er kannte Rhys erst seit ein paar Tagen, aber es fühlte sich irgendwie länger an.

Und es sollte keine Rolle spielen, was zwischen ihm und Rhys lief, weil Finn gehen würde. Auch wenn er es nicht tun würde, würde Rhys nach Chicago zurückkehren, sobald seine Bewährungsstrafe abgelaufen war. Jede Beziehung, die er mit dem Mann haben könnte, wäre rein körperlich, und er wusste tief in seinem Inneren, dass es nicht ausreichen würde. Er würde in der gleichen Position sein wie er es mit Cal war: Er wollte jemanden, der ihn nicht wollte. Schmerz brannte in ihm bei dieser Erkenntnis, und er begann zu befürchten, dass er zu lange gewartet hatte, wegzugehen.

Rhys hörte, wie seine bereits halb offene Tür geöffnet wurde, und er spannte sich an, wenn auch nicht, weil er sich Sorgen darum machte, dass ein Fremder mitten in der Nacht in sein Zimmer kommen könnte. Er hatte überlegt, ob er die Tür abschließen sollte, als er zu Bett gegangen war, aber allein der Gedanke, in einem völlig abge-schlossenen Raum zu sein, hatte die alte Angst zurückgebracht, die daher rührte, zwei Jahre lang dreiundzwanzig Stunden am Tag in seiner Gefängniszelle eingesperrt zu sein, und er hatte sich nicht dazu überwinden können. Er war nicht einmal in der Lage gewesen, die Tür ganz zu schließen. Finn für den Rest des Tages zu ignorieren hätte der erste Schritt in seinem Plan sein sollen, sich von den beiden Männern zu distanzieren, die seine Gefühle ins Chaos stürzten, aber anscheinend hatte der andere Mann die Nachricht nicht erhalten. Rhys' Rücken war der Tür zugewandt, also musste er einen Blick über seine Schulter werfen, um die Gestalt zu sehen, die neben dem Bett stand.

„Finn-" begann er und wappnete sich, den Mann weg zu schicken.

„Bitte, Rhys", hörte er Finn mit gebrochener Stimme flüstern. „Ich muss nur schlafen", sagte er mit flehender Stimme.

Rhys versuchte, seinen Beschluss zu verstärken, aber ein Bild von Finn, der ihn anlächelte, als er ihn an diesem ersten Tag von der

Straße aufgelesen hatte, tauchte in seinem Kopf auf. Rhys zog die Decke zurück, und Finn ging auf die andere Seite des Bettes, wo er hineinkroch und Rhys seinen Rücken zuwandte. Es war kein großes Bett, aber Finn machte sich ganz am Rand der Matratze schmal, um so viel Abstand zwischen sich und Rhys zu bringen, wie er konnte, und Rhys fragte sich, ob er es tat, weil er das wollte, oder weil er dachte, dass es das war, was Rhys wollte.

Rhys stieß einen leisen Fluch aus, dann streckte er seinen Arm aus, packte Finn um die Taille und zog ihn zurück an seine Brust. Finn keuchte, als Rhys' schwellender Schwanz gegen seinen Arsch drückte. Der dünne Stoff von Finns Pyjamahose und Rhys' Unterhose halfen wenig, um den Kontakt zu hemmen. Er fühlte, wie Finns Hand sich über seine legte. Gott, es wäre so einfach, Finn auf den Rücken zu rollen und ihn zu nehmen. Er konnte an dem schweren Atmen und dem angespannten Körper, der gegen seinen drückte, erkennen, dass Finn ihn genauso sehr wollte. Und wenn das alles heute nicht passiert wäre, dann hätte er wahrscheinlich schon seinen Schwanz tief ins Innere des anderen Mannes geschoben und zugesehen, wie der um ihn herum die Kontrolle verlor. Aber aus erster Hand zu erfahren, was Finn erleiden würde, wenn er an diesem Ort bliebe, ließ ihn stattdessen sagen: „Schlaf jetzt, Finn."

Rhys hatte nie behauptet, ein Ehrenmann zu sein, aber er würde verdammt sein, wenn er sich in die lange Liste der Personen einreihte, die mit Finns Gefühlen rumfickten.

Rhys werkelte an dem Miststreuer herum, während die Hitze am frühen Morgen auf seinen Rücken brannte. Es war noch nicht mal acht Uhr morgens und er fühlte sich, als hätte er die Hälfte seines Körpergewichts durch seinen Schweiß verloren. Er hatte nie verstanden, warum Callan und Finn langärmlige Hemden in der prallen Sonne trugen, aber als seine sonnenverbrannte Haut stach, wo der Saum seines T-Shirts die empfindliche Haut streifte, begann er zu erkennen, dass er derjenige war, der bei dieser Diskussion auf der falschen Seite stand. Der Cowboy-Hut, der ihm bisher immer wie ein Accessoire erschienen war, stand jetzt ganz oben auf seiner Wunschliste.

Er stieg aus der stinkenden Streumaschine und warf die Werkzeuge in die marode Kiste, die Finn als Werkzeugkiste bezeichnete. Als er zurück in den Stall kam, sah er, wie Finn die letzte Box reinigte. Das war ihre Routine in den letzten paar Tagen gewesen. Callan war fast den ganzen Tag über draußen und ritt den Zaun ab, und Finn kümmerte sich um die Pferde. Rhys hatte es sich zur Aufgabe gemacht, mit der Reparatur der vielen kaputten Dinge zu beginnen, was das Flicken der Seitenwände, Stopfen von Löchern im Dach der Scheune, Ausbessern der Koppelzäune und jetzt das Instandsetzen des Streuers beinhaltete. Den ganzen Tag über sprach keiner von ihnen mit dem anderen, wenn es nicht absolut notwendig war, und wenn der Arbeitstag beendet war, verschwand Callan zum Haupthaus, wo er sich um den Papierkram kümmerte, während Finn zu einem seiner vielen Spaziergänge aufbrach. Rhys gelang es, die Nachrichten oder eine alte Sitcom zu sehen, während er etwas geschmackloses Essen in sich zwang, bevor er ins Bett ging. Der schwierigste Teil seines Tages begann, wenn Finn neben ihm ins Bett kroch.

Es war etwas, das er nach der ersten Nacht, in der er Finn an sich gezogen und ihn die ganze Nacht lang festgehalten hatte, hätte beenden sollen, aber jedes Mal, wenn Finn auftauchte, blieb er stumm und wartete, bis der warme, schlanke Körper gegen seinen gedrückt wurde und Orte füllte, von denen Rhys nicht gewusst hatte, dass sie leer waren. Er legte dann seinen Arm um Finn, bevor er auch nur darüber nachdenken konnte, und wartete darauf, dass das Verlangen in seinem Körper genug nachließ, damit der Schlaf ihn übermannen konnte. Und zum ersten Mal seit langem schlief er die ganze Nacht durch. Finn war am nächsten Morgen immer verschwunden, bevor Rhys aufwachte, und das war einfach so, ohne dass sie je darüber gesprochen hätten.

„Finn, ich muss mal in den Baumarkt", sagte er, als er vor der Box stehen blieb, in der Finn arbeitete.

„Schlüssel sind im Truck", kam die knappe Antwort.

Rhys biss seine Frustration zurück. „Du musst mich fahren."

Finn hörte mit Ausmisten auf und sah ihn an. „Es ist nicht weit. Du wirst dich schon nicht verfahren", sagte er.

„Ich habe keinen Führerschein", gab Rhys schließlich zu. „Und ich werde nicht meine Bewährung riskieren, indem ich ohne fahre."

Finn zappelte herum. „Lass den Streuer einfach sein. Wir sind auch ohne ihn gut klargekommen", sagte er lahm.

„Ja, na ja, ‚wir' werde *ich* sein, wenn du gehst, und ich möchte mir nicht weiter den Arsch dabei aufreißen, Scheiße raus aufs Feld zu schleppen, wenn es eine tolle Maschine gibt, die in der Lage ist, den Job zu machen." Finn versteifte sich bei der Erinnerung daran, dass er gehen würde, und dann blitzte Zorn auf seinem Gesicht auf, als er an der Schubkarre vorbei und in Richtung des Trucks ging. Rhys spürte einen Anflug von Lust, da er endlich so etwas wie eine Reaktion von dem anderen Mann bekommen hatte, der jetzt schon seit fast einer Woche auf Autopilot lief.

Die Fahrt in die Stadt verlief schweigend, was Rhys' Frustration mit jeder Meile, die vorbeiflog, wachsen ließ. Finn hielt vor dem Baumarkt an und stellte den Motor ab, dann saß er einfach da.

„Du gehst mit mir da rein", schnappte Rhys, als er die Hand auf den Türgriff legte.

„Nein, tue ich nicht", sagte Finn leise. Sein Blick fiel auf seine Hände, als ein Mann vorbeiging, die kleinen Augen auf Finn gerichtet.

Rhys beugte sich vor und packte Finns Arm. „Schieb deinen verdammten Arsch augenblicklich aus dem Truck!" Rhys stieg aus dem Wagen und war zufrieden zu sehen, dass Finn seinem Befehl nachkam.

„Warum tust du das?", flüsterte Finn.

Rhys antwortete nicht, als er in den Laden ging, Finn ein paar Schritte hinter ihm. Er marschierte vorbei an dem behäbigen Mann hinter der Kasse, der angesetzt hatte, sie zu begrüßen, dann aber verstummte, als sein Blick auf Finn fiel. Rhys brauchte nur wenige Minuten, um die Schrauben zu finden, die er benötigte, und dann gingen sie zurück nach vorne. Er ließ die Schrauben auf den Tresen fallen.

Der Kassierer ignorierte Rhys und starrte Finn an, sein Gesicht rot vor Wut. „Ich habe dir gesagt, dass du in meinem Geschäft nicht mehr willkommen bist", spie er geradezu aus.

„Hey!", sagte Rhys scharf und zwang so den Blick des Kassierers auf sich. „Wenn Sie was zu sagen haben, sagen Sie es mir!"

Der Mann blickte wieder mit Abscheu auf Finn, dann richtete er seine Augen auf Rhys und sagte: „Ich will solche Leute nicht in meinem Geschäft haben."

Glühend heiße Wut brannte in Rhys. „Solche Leute?", fragte er mit leiser Stimme.

„Rhys", sagte Finn hinter ihm.

Der Kassierer schien Rhys' Zorn schließlich zu spüren, denn er schwieg und der Spott verschwand aus seinem Gesicht, als stattdessen Furcht aufstieg.

„Sagen Sie mir genau, wer ‚solche Leute' sind", sagte Rhys.

„Rhys", versuchte Finn es erneut.

„Meinen Sie Männer, die sich in den Arsch ficken lassen? Oder Männer, die Schwanzlutschen einer Pussy vorziehen?", fauchte Rhys. „Wie nennen verfickte Hinterwäldler wie Sie hier draußen ‚solche Leute'? Homo, Schwuchtel? Oder haben Sie irgendeinen hochgestochenen, beschissenen Bibel-Begriff wie Sünder oder Abscheulichkeit, hinter dem Sie sich verstecken?"

„Rhys, lass uns einfach gehen", bat Finn. Rhys drehte sich um und sah, dass die wenigen Kunden im Laden sie jetzt alle beobachteten.

„Verfickte Feiglinge und Heuchler", sagte Rhys, als er sich auf jede Person konzentrierte, die wie gebannt dastand. „Nun, wissen Sie was, Sie haben jetzt zwei Schwuchteln, die in Ihre kostbare kleine Stadt eingefallen sind", sagte er mit einem Lächeln.

„Drei", ertönte eine weitere Stimme und Rhys verbarg ein Grinsen, als Dane Winters aus einem der Gänge erschien, Emma in einem Arm wiegend, einen Einkaufskorb in der anderen. Er stellte den Korb vor dem Kassierer ab und sagte: „Ich glaube, dass wir jetzt bereit sind, zu bezahlen, Mr. Henry."

Der Kassierer sah aus, als wäre er kurz davor, einen Herzinfarkt zu erleiden, aber er schaffte es, Danes Einkäufe in die Kasse einzugeben. „Die da auch", sagte Dane, als er die Schrauben, die Rhys auf die Theke gelegt hatte, vorschob. Der Kassierer zögerte, bevor er sie schließlich ergriff.

Als er begann, die Sachen einzupacken, wandte sich Dane um und lächelte Finn an, dann streckte er seine Hand aus. „Dane Winters", sagte er. Finn gelang es, eine zittrige Hand auszustrecken. Dane richtete seine Aufmerksamkeit auf Rhys und begann sich mit ihm zu unterhalten, als ob nicht ein halbes Dutzend Augenpaare sie in stummem Schock anstarren würde. „Ich wollte mit Emma heute Nachmittag mal vorbeikommen, um nach Kirby zu sehen. Wie geht es ihm?"

„Es geht ihm gut", sagte Rhys, dessen Respekt für diesen Mann in die Stratosphäre schoss.

„Und dem Kalb?", fragte Dane, während er dem Kassierer seine Kreditkarte reichte.

„Auf dem Weg der Besserung", warf Finn ein. „Wieder draußen bei seiner Mama."

„Können Sie sich das vorstellen, Mr. Henry?", sagte Dane. Der Kassierer schien überrumpelt, weil Dane direkt mit ihm sprach und hielt inne, als er gerade im Begriff war, die Kreditkarte durchzuziehen. „Jemand hat den Zaun auf Mr. Bales Ranch durchgeschnitten und einer der Kleinen hat sich im Draht verfangen und wäre fast gestorben."

Der Kassierer wusste wohl nicht, was er sagen sollte, also schüttelte er nur verlegen den Kopf.

Dane sah die anderen Kunden an, dann richtete er seinen kühlen

Blick wieder auf Mr. Henry. „Und wissen Sie, was noch, Mr. Henry?"

Dane ließ die Frage in der Luft schweben, bis es dem Kassierer schließlich mit rauer Stimme gelang, zu fragen: „Was?"

„Es hat sich herausgestellt, dass der einzige Tierarzt in Ihrer Stadt nicht mehr verfügbar ist, um Notfälle zu behandeln. Ich denke, dass Mrs. Parsons Katze ihre jährliche Impfung dringender benötigte, als dass dieses Kalb gerettet werden musste. Verdammt schade, dass Ihre einzige andere Option jemand ist, der auch gerne Schwänze lutscht", fügte er mit einem traurigen Kopfschütteln hinzu, als er die Tüte von dem Kassierer entgegennahm. „Oh, und Mr. Henry, würden Sie bitte die Bestellung stornieren, die ich gestern für den Bau meines neuen Stalls aufgegeben habe? Ich denke, ich werde mein Geld künftig lieber in einem anderen Geschäft ausgeben."

Der Mund des Kassierers klappte daraufhin auf und Rhys lächelte, als Dane an ihm vorbeiging und den Laden verließ. Finn, der immer noch völlig geschockt aussah, folgte dem Tierarzt aus der Tür.

„Eine letzte Sache noch", sagte Rhys, als er sich über den Tresen lehnte und seine Stimme senkte. „Wenn Finn das nächste Mal, wenn er in diese Stadt kommt, auch nur schief angeguckt wird ..." Rhys ließ seine Worte ins Leere laufen und Mr. Henry wurde blass. Er drehte sich um und nickte den Gaffern höflich zu, dann ging er.

Rhys wartete auf den Knall, von dem er wusste, dass er kommen würde. Nachdem er aus dem Laden gegangen war, hatte Finns wütender Blick ihn festgenagelt, aber der jüngere Mann hatte sich lange genug zusammengerissen, um sich von Dane zu verabschieden. Rhys hatte sich auf den Beifahrersitz gesetzt und darauf gewartet, dass das Schreien beginnen würde, aber Finn hatte geschwiegen. Aber als Rhys erwähnt hatte, dass er noch anhalten müsste, um einen

Hut und ein paar Hemden zu kaufen, hatte Finn ihn völlig ignoriert und den Wagen zurück auf die Ranch gesteuert.

Der Truck raste den Schotterweg, der zur Ranch führte, hinauf, wobei Staub und Kies aufspritzten. Das Fahrzeug kam gefährlich nah an die Stallwand heran, bevor Finn auf die Bremse trat und der Truck zum Stillstand kam. Finn schoss aus der Tür und stürmte in den Stall. Rhys folgte ihm und lehnte sich gegen eine der Boxentüren, während er darauf wartete, dass Finn seiner Wut freien Lauf ließ.

„Du hattest kein verdammtes Recht dazu", sagte Finn bitter, mit dem Rücken zu Rhys gewandt. Rhys blieb stumm, was Finn nur noch weiter anzupissen schien. Er drehte sich um, stakste auf Rhys zu und holte zum Schlag aus. Rhys hatte das allerdings erwartet und fing leicht die Faust ab, die auf sein Gesicht gerichtet war. Er schob Finn zurück gegen die Tür und hielt ihn dort fest, indem er seine Handgelenke gegen die Tür drückte. Aber Finn hatte nicht vor, klein beizugeben, und stieß mit dem Kopf nach Rhys. Der Stoß ließ ihn Sterne sehen, aber er schaffte es, Finn festzuhalten.

„Hör auf!", fauchte er.

„Fahr zur Hölle!"

„Rhys." Callans Stimme kam von irgendwo hinter ihm und Rhys lachte rau, hielt aber seine Augen auf Finn gerichtet.

„Eilst du wieder mal zu seiner Rettung, Callan?", sagte Rhys und fühlte, wie Finn einmal mehr gegen ihn stieß, als er zu fliehen versuchte.

„Was ist los?", fragte Callan. Rhys war erstaunt, dass der andere Mann ihn nicht von Finn weggezogen hatte. Finn schien von Callans Tatlosigkeit überrascht zu sein, denn er wurde ruhig in Rhys' Griff.

„Du konntest es nicht einfach auf sich beruhen lassen, nicht wahr, Rhys?", sagte Finn abfällig. „Ein paar Wochen noch und es wäre alles vorbei gewesen, aber nein, du musstest ja den großen Helden spielen! Glaubst du wirklich, dass du alles besser gemacht hast? Dass du überhaupt etwas verändert hast?", schrie Finn. „Du kannst in sechs Monaten verschwinden. *Er* kann es nicht", sagte Finn und richtete seine Augen auf etwas hinter Rhys, vermutlich Callan. „Jetzt werden sie ihn niemals in Ruhe lassen!"

„Finn", begann Callan.

„Nein! Er hatte kein Recht dazu. Es war mein Kampf!", sagte Finn.

„Nicht, wenn du verdammt nochmal aufhörst zu kämpfen, dann nicht!", antwortete Rhys scharf.

„Meine Wahl! Nicht deine!", rief Finn und schubste Rhys kräftig. Rhys ließ ihn los und Finn schob sich an ihm vorbei und stürmte aus der Scheune. Rhys schlug seine Hand gegen das Holz und schloss die Augen, als stechender Schmerz durch ihn schoss.

Er fühlte Callan hinter ihm, dann spürte er, wie der andere Mann seine Hand nahm und sie untersuchte. „Sprich mit mir, Rhys. Sag mir, was passiert ist."

Rhys zog seine Hand weg, dann informierte er Callan knapp über das, was in der Stadt geschehen war.

„Du hast das Richtige getan", bemerkte Callan. „Er wird es einsehen."

„Spielt keine Rolle. Ich bin fertig mit dieser Scheiße", sagte Rhys, aber Callan packte ihn am Arm und hinderte ihn am Weggehen.

„Komm mit mir Ausreiten. Es wird dir helfen, dich zu beruhigen, und ich könnte Hilfe bei der Überprüfung der Zäune gebrauchen." Callans Berührung war stark und beruhigend, und Rhys wünschte sich, er könnte sich nur für eine Minute an den Mann lehnen und etwas von dessen Kraft absorbieren. Er begnügte sich mit einem kurzen Nicken und folgte Callan auf die Weide, um die Pferde zu holen.

Kapitel Neun

Finn war sofort in Alarmbereitschaft, als er das Geräusch eines sich nähernden Autos hörte. Er war dabei, die Pferde für die Abendfütterung reinzubringen, und zum ersten Mal in den Stunden seit seinem Streit mit Rhys, hatte er begonnen, sich zu entspannen. Aber die mögliche neue Bedrohung ließ ihn in die Sattelkammer huschen um das Gewehr zu holen, dass Cal ihm für genau ein solches Szenario dagelassen hatte. Er überprüfte es, um sicherzustellen, dass die Waffe geladen war, dann ging er zur Vorderseite der Scheune. Erleichterung erfüllte ihn beim Anblick von Dane Winters, der seine Tochter aus der Babyschale auf dem Rücksitz seines SUV nahm.

„Hallo nochmal", sagte Dane, als er eine Windeltasche über die Schulter schwang und die Tür schloss. „Ist das die Begrüßung hier in Montana?", fragte er mit Blick auf die Waffe, die Finn noch mit dem Lauf auf den Boden gerichtet hielt.

Finn erinnerte sich schließlich an das Gewehr und sagte: „Nein, tut mir leid." Dann brachte er es schnell in die Sattelkammer zurück. Er ging wieder zu Dane, der damit beschäftigt war, seiner Tochter die wenigen Pferde zu zeigen, die Finn in ihre Boxen gebracht hatte. Das

Baby machte ein paar gurgelnde Geräusche und wedelte mit den Händen, was ein breites Grinsen auf Danes hübsches Gesicht brachte. Cal hatte erwähnt, dass Dane sein Pferd für eine Weile auf der Ranch untergebracht hatte, aber darüber hinaus wusste Finn nichts über den Mann. Nun, das stimmte so wohl nicht mehr, da Dane mit seiner kleinen Demonstration von Unterstützung ein ziemlich wichtiges Detail über sein Leben offenbart hatte.

„Wir wollten einfach nur herkommen und Kirby ein paar Karotten füttern, wenn das okay ist", sagte Dane, als er das Baby neu positionierte, so dass sie in seiner Armbeuge eingebettet war.

„Er ist immer noch draußen. Ich werde ihn holen", bot Finn an.

„Wir werden mitkommen, wenn es nicht zu weit zu gehen ist", sagte Dane mit einem Lächeln, als er die Pausbacken des Babys mit einem seiner großen Fingern kitzelte. Der Anblick setzte eine Sehnsucht in Finn frei, von der er nicht gewusst hatte, dass sie da war. Als er das Thema, eines Tages Kinder zu haben, bei Cal angeschnitten hatte an dem Abend, als er seine Kündigung eingereicht hatte, waren die Worte nur gesagt worden, um seine Argumente zu stärken und einen weit entfernten Zeitpunkt in seinem Leben zu bezeichnen. Aber die offene Liebe zu sehen, die dieser Mann – dieser *schwule* Mann – für sein Kind empfand, ließ Finn erkennen, dass es etwas war, was er wirklich wollte.

„Ähm, es ist oben auf dem Hügel. Ist nicht weit", gelang es Finn zu sagen.

„Großartig."

Dane ging hinter ihm her, dann sagte er: „Willst du sie mal halten?"

Finn erkannte, dass er das Baby mehr angestarrt haben musste, als ihm bewusst gewesen war, und er sagte schnell: „Nein, meine Hände sind schmutzig. Und ich hatte noch nie mit einem Baby zu tun."

„Keine Sorge, Finn, du wirst sie nicht kaputtmachen. Ich hatte fürchterliche Angst, als eine Krankenschwester sie mir das erste Mal reichte, aber es dauerte nur etwa zehn Sekunden, bis ich erkannt habe, dass sie zu halten eines der einfachsten Dinge ist, die ich jemals tun werde.“

Finn nickte und versuchte, etwas von dem Staub an seinen Händen abzuwischen, indem er sie an seiner Hose rieb. Er hielt seine Arme so, wie er es bei Dane gesehen hatte, als der sie in den Stall getragen hatte, und der Mann legte die Kleine sorgfältig hinein.

Ein überwältigender Ansturm von Unsicherheit erfüllte ihn bei dem Gefühl des warmen, zappeligen Körpers in seinen Händen. Er versuchte, sie zurück zu geben, aber Dane sagte: „Du machst das gut. Probiere es einfach noch ein bisschen.“ Finn zog das Kind näher an seine Brust und sah dann plötzlich in die reinsten, strahlendblauen Augen, die er je gesehen hatte.

„Oh Gott“, flüsterte er, als das Baby ihn voller Vertrauen beobachtete.

„Was hab ich dir gesagt?“, sagte Dane mit einem Lachen, als er losging. Finn folgte dem anderen Mann mit vorsichtigen, gleichmäßigen Schritten in Richtung der Weide.

„Erwartet ihr Probleme nach diesem Nachmittag?“, fragte Dane.

Finn schaute verwirrt auf. „Was?“

„Die Waffe“, erinnerte Dane ihn.

„Oh, äh … wir haben nicht viele Besucher hier draußen“, sagte er lahm. Als Dane nichts sagte, wurde Finn nervös und sagte: „Es tut mir leid, dass Rhys Sie heute in diese Position gebracht hat. Er hätte Sie nicht in meinen Kampf mit reinziehen sollen.“

Dane blieb tatsächlich stehen und sah Finn an. Seine Augen waren kühl und ruhig. „Dane, bitte. Aber ich habe es nicht für dich getan, Finn. Obwohl ich froh bin, wenn es in irgendeiner Weise geholfen hat“, sagte Dane. „Nein, ich habe es für meine Tochter getan“, fügte er hinzu, dann begann er wieder zu gehen.

„Ich verstehe nicht.“

„Ich will, dass Emma in einer Welt aufwachsen kann, in der sie frei ist, zu sein, wer auch immer sie sein will. In der sie lieben darf, wen sie lieben will. Wie kann ich erwarten, dass die Menschen um mich herum sich ändern, wenn ich sie nicht darum bitte – es nicht von ihnen erwarte? Ich hoffe, dass sie niemals vor den gleichen Hindernissen stehen wird, wie du und ich, aber wenn sie es tut, dann soll sie wissen, dass ihr Vater von Anfang an da war und versucht hat, einen besseren Ort für sie zu schaffen. Vielleicht wird sie dann nicht ganz so hart oder ganz so lang kämpfen müssen."

Finn verstummte bei Danes Worten.

„Hey Kirby, alter Knabe", sagte Dane, als der braun-weiß gescheckte Pinto zur Begrüßung wieherte und an den Zaun trottete. „Emma, schau mal", sagte er dann und nahm seine Tochter wieder, um ihr das große Pferd zu zeigen, das sein fast vollständig weißes Gesicht über den Zaun hob. Finn legte Kirby und West, der das einzige andere Pferd auf der Weide war, Führstricke an und begann, sie wieder in den Stall zu führen. Danes Worte gingen ihm immer wieder durch den Kopf, während er West versorgte und dann Kirby anband.

„Bist du okay?", fragte Dane, als er eine Karotte aus der Windeltasche fischte und sie Kirby verfütterte.

„Ja", murmelte Finn, obwohl er sich in Gedanken schon überlegte, wie er Rhys jemals dazu bekommen würde, ihm für sein früheres Verhalten zu vergeben. Es könnte sein, dass alles, was er sagte, zu wenig wäre, und zu spät kam.

Rhys brach nach seiner Dusche auf dem Bett zusammen und wünschte sich inständig, er könnte einfach eine Pizza bestellen, weil er zu müde war, die fünf Minuten lang in der Küche zu stehen, die es dauern würde, etwas Fleisch und Käse zwischen zwei Scheiben Brot zu stecken. Wenigstens tat sein Arsch nicht mehr so weh, da sein Körper sich daran zu gewöhnen begann, für längere Zeit in einem Sattel zu sitzen. Die Aussicht war auch nicht schlecht gewesen. Callan auf einem Pferd war wirklich sehenswert. Er hatte sogar die altmodischen Lederchaps getragen, die einen schönen Ausschnitt hatten, der seinen perfekten Arsch betonte. Allerlei schmutzige

Bilder von Callan in Chaps, aber ohne Jeans, waren durch seinen Kopf gehuscht, obwohl er versucht hatte, die Tatsache zu ignorieren, dass Finn auch vorne und in der Mitte in der ungezogenen kleinen Show mitspielte, die er in seinem Kopf am Laufen hatte.

Er und Callan hatten Finn bei ihrer Rückkehr vom Zaunüberprüfen nicht gesehen, und Finns Schlafzimmertür war geschlossen, also war Rhys sich ziemlich sicher, dass er die Nacht zum ersten Mal seit mehr als einer Woche allein verbringen würde. Rhys schlüpfte unter die Decke und schaltete die Lampe auf dem Nachttisch aus. Callan hatte, was den Ritt betraf, richtig gelegen. Es hatte ihm Zeit gegeben, um sich zu beruhigen. Mehr noch, Callan hatte ihm keinen Vortrag gehalten, dass er vorsichtiger mit Finn sein sollte, wie er es erwartet hatte.

In der Tat hatte Callan kein Wort gesagt, außer ihm Anweisungen zu geben, wie er seinen Sitz verbessern konnte, damit der Ritt für ihn bequemer wäre. Einmal hatte Callan sogar angehalten, war abgestiegen und hatte den Gurt von Rhys' Sattel überprüft, weil er Bedenken gehabt hatte, er wäre zu locker gewesen. Die große Hand des Mannes hatte sich um Rhys' Bein geschlossen, um es aus dem Weg zu halten, während er nach den Schnallen sah – eine völlig unschuldige Handlung, die aber die gleiche Wirkung hatte, als hätte Callan mit seiner Zunge über seinen Schwanz gestrichen. Es hatte sich gut angefühlt, jemanden zu haben, der sich um ihn sorgte, auch wenn es nur für eine Sekunde gewesen war und mehr mit der Sicherheit eines Mitarbeiters zu tun hatte als damit, einen geliebten Menschen vor Gefahren zu schützen. Jesus, wo war das Wort denn hergekommen?

Rhys' verstörende Gedanken wurden durch das verräterische Geräusch seiner Tür, die weiter aufgeschoben wurde, unterbrochen. Sein Rücken war der Tür zugewandt, also tat er, was er immer tat – er warf die Decke zurück und wartete. Ab einem gewissen Punkt war Finn in seinen Armen zu halten eher eine Erwartung geworden als eine Last, und obwohl er gegen sein körperliches Verlangen ankämpfte, bis die Dunkelheit des Schlafes ihn übermannte, begrüßte er es dennoch, den anderen Mann an sich zu fühlen. So wütend und frustriert er auch immer noch sein mochte, war er doch froh, dass zumindest dieses Ritual für die absehbare Zukunft fortgesetzt werden würde.

Rhys wartete, während Finn unter die Decke schlüpfte, war aber überrascht, als Finn, anstatt sich von Rhys abzuwenden, über das Bett kroch und Rhys dann auf den Rücken schob. Noch bevor er die neue Position in Frage stellen konnte, beugte Finn sich über ihn und drückte seinen Mund auf den von Rhys. Finns süßer Geschmack überflutete seinen Mund, als die Zunge des jungen Mannes jeden Winkel erforschte und dann über Rhys' Zunge glitt. Finns Gewicht drückte auf Rhys' Brust, als er weiterhin dessen Lippen eroberte, dann machte dieser heiße Mund sich auf einen glühend heißen Weg an Rhys' Hals entlang. Er schaffte es, Finn an den Schultern zu packen und ihn hochzuziehen. „Finn, warte-"

„Ich will nicht mehr warten", flüsterte Finn. „Ich habe mein ganzes Leben auf etwas gewartet, das sich direkt vor meiner Nase befindet", sagte er, bevor er Rhys wieder küsste. Rhys wusste, dass er damit aufhören sollte, dass Finn in ein anderes Paar Arme gehörte, eins, das besser zu ihm passte, aber er konnte sich nicht dazu zwingen, den Griff zu lösen, mit dem er Finns Oberarme hielt. Er gab den Kampf auf und bewegte sich so, dass er auf Finn lag. Er ließ Finn noch eine Kostprobe von ihm haben, dann übernahm er die Kontrolle über den Kuss.

Finn wollte vor Erleichterung weinen, als er Rhys' Gewicht auf sich spürte. Als er aus seinem Bett gestiegen war, hatte er beabsichtigt, in das von Rhys zu kriechen und um Entschuldigung zu bitten, aber sobald er den anderen Mann unter der Decke liegen sah, lief all das Verlangen, das sich in ihm aufgebaut hatte, über, und das Einzige, was er tun wollte, war seine Lippen auf die von Rhys zu drücken und ihm mit seinem Körper zu zeigen, wie dankbar er für alles war, was

Rhys ihm gegeben hatte. Er wusste, dass das Endergebnis das gleiche sein würde - er würde allein sein, wenn alles vorbei war. Aber er würde sich nehmen, was er kriegen konnte, und die Erinnerung an das Zusammensein mit diesem schönen Mann in einem ruhigen Teil seines Verstandes abspeichern, wo er sie wieder abrufen konnte, wenn er sich daran erinnern musste, warum er seine Entscheidung getroffen hatte.

Finn stöhnte, als Rhys die Kontrolle über jeden Teil seines Verstandes und seines Körpers übernahm. Warme, seidige Lippen erkundeten seinen Mund, während weiche Finger seine Brust und Seiten streichelten. Seine Haut juckte und prickelte überall, als die leichte Behaarung auf Rhys' breiter Brust seine heiße Haut streifte. Rhys ließ nichts unberührt, als er mit seinem Mund über Finns Hals nach unten wanderte und dabei gegen seine Haut flüsterte, was er mit ihm machen wollte. Finn versuchte, nach unten zu greifen und seinem Schwanz etwas dringend benötigte Zuwendung zu geben, aber Rhys ergriff seine Hand und zwang sie über seinen Kopf. „Halt dich am Kopfteil fest", befahl Rhys, dann hob er Finns andere Hand an und verband sie mit der ersten. Finn stieß bei Rhys' dominantem Ton ein Schnaufen aus, aber er tat, was ihm gesagt wurde. Das Lob und die Anerkennung in Rhys' Blick waren es wert.

„Warst du schon mal mit einem Mann zusammen?", fragte Rhys ihn, während er Finns Pyjamahose nach unten schob und seine Finger über Finns schmerzhaft harte Erektion zog. Verlegenheit erfüllte Finn, als er seinen Kopf schüttelte.

„Ich werde dir Erleichterung verschaffen, Finn, weil ich jeden Zentimeter von diesem schönen Körper erforschen will, bevor du in mir bist", sagte er, dann zog er schnell seine eigene Unterwäsche aus und gewährte Finn damit den ersten Blick auf den langen, dicken, harten Schwanz, von dem er seit dem Tag träumte, als er angehalten hatte um den Mann zur Ranch mitzunehmen.

Finn versteifte sich bei den Worten. „Ich dachte-"

„Ich will der erste Mann sein, den du fickst, Finn. Ich will, dass du weißt, wie es sich anfühlt für den Mann, der eines Tages das Glück haben wird, dich zu nehmen."

Finn hatte keine Chance, zu protestieren, oder auch nur Rhys' letzte Aussage in Frage zu stellen, weil Rhys ihn wieder küsste und alle anderen Gedanken verflogen, als Rhys sich an Finns Körper nach unten vorarbeitete, bis er sich zwischen seinen Beinen niederließ. Rhys streifte die Pyjamahose ab, die Finn trug, aber Finn bekam keine weitere Warnung, bevor sein Schwanz von weißglühender Nässe verschlungen wurde. Er schrie auf, als Rhys' Mund über ihn glitt, bis seine Nase gegen die rauen Haare von Finns Lenden gedrückt waren.

„Fuck!", schrie Finn, als er sich tiefer hineinschob und Rhys an den Haaren packte, um ihn festzuhalten, während er in die überwältigende Hitze stieß, die ihn umgab. Rhys begann, sich an ihm auf und ab zu bewegen und hielt nur gelegentlich inne, um Speichel entlang seines Schafts zu träufeln und so das Dahingleiten leichter zu machen. Das Tempo, das Rhys anschlug, war hemmungslos, und Finn konnte sich ihm nur hingeben, als ihn sein Orgasmus überwältigte und er seinen Samen Rhys' Kehle hinunter spritzte. Die Lust war so intensiv, dass es fast weh tat, und er fiel auf das Bett zurück, während Rhys weiterhin auch den letzten Tropfen aus ihm saugte. Ein warmes, prickelndes Gefühl durchflutete alle seine Nervenenden und er schloss die Augen, als sein Körper sich auf der Matratze entspannte.

Rhys kroch wieder an seinem Körper entlang nach oben und ließ sich erneut über ihm nieder, während er Finn immer wieder küsste, lang und hart, langsam und weich, innig, zart. Es spielte keine Rolle für Finn, solange der Mann den Kontakt aufrechterhielt. Er schmeckte sich selbst auf Rhys' Zunge, was sich unanständig anfühlte, doch zugleich auch natürlich. Er konnte es nicht erwarten herauszufinden, ob Rhys ähnlich schmeckte.

„An was denkst du, das dieses Lächeln auf dein Gesicht bringt?", fragte Rhys mit einem sanften Grinsen und küsste Finns Mundwinkel.

„Ich frage mich, ob du genauso schmeckst wie ich."

Rhys erstarrte bei diesen Worten, dann schoss ein scharfer Blitz der Lust durch seine dunklen Augen und sein Mund war wieder heiß auf Finns, jetzt voller Verlangen, als Rhys begann, seinen Körper erneut in einen Rausch zu versetzen.

Rhys hatte es eigentlich beim zweiten Mal langsam angehen wollen, aber Finns Bemerkung darüber, wie er schmeckte, entriss ihm die Kontrolle, die er schon beinahe verloren hätte, als Finn in seine Kehle abgespritzt hatte. Er gab Finn einen weiteren harten Kuss, dann zog er seine Zunge über Finns Hals nach unten zu dem sensiblen Bereich über seinem Schlüsselbein. Er kniff Finns Brustwarzen mit den Fingern und lächelte zufrieden, als Finn stöhnte und sich unter ihm bog. Sein Schwanz drückte gegen Finns und Rhys griff zwischen ihre Körper und rieb sie beide zusammen. Finn hatte genug von seiner Beherrschung zurückerlangt, um wieder mitmachen zu können, und Rhys ließ sich von Finn für einen weiteren sengenden Kuss nach oben ziehen. Er erlaubte Finn, ihn auf den Rücken zu rollen, und spreizte die Beine, so dass Finn zwischen ihnen liegen konnte. Dessen flinke Finger huschten über seine Arme und Brust, mit gerade genug Druck, um Rhys' Verlangen in die Höhe treiben.

„Mach' mich bereit", sagte Rhys, als er seinen Arm zwischen ihren Körpern herauszog und die Nachttischschublade durchsuchte. Finn hockte sich auf die Knie und nahm das Gleitgel und Kondom, die Rhys ihm reichte, dann verweilte er dort, das kleine Folienpäckchen in der Hand. Er sah ängstlich aus. Rhys setzte sich auf und legte seinen Arm um Finns Taille. „Was geht in deinem hübschen Kopf vor sich?", fragte er zwischen zwei Küssen. Er war froh, als Finn aus seiner Versteinerung zu erwachen schien und jeden seiner Küsse zu erwidern begann.

„Ich will dir nicht weh tun", flüsterte er.

„Baby, nichts, was du tust, wird mir weh tun. Ich schwöre es." Er nahm das Kondom aus Finns Faust und öffnete es. Finn schloss die Augen, als Rhys ihn mit mehreren langen, langsamen Bewegungen rieb und Rhys wünschte, er könnte die ganze Sache hinauszögern, damit er einfach nur den Anblick von Finn, wie er vor Lust zerfloss, genießen konnte. Aber sein eigenes Verlangen war zu groß, und er rollte schnell das Kondom über Finns Schaft.

Finn riss die Augen auf, als die Kappe der Gleitgel-Tube mit einem Klicken geöffnet wurde, und er hielt Rhys davon ab, die klebrige Substanz auf seine Finger zu geben. „Kann ich?", fragte Finn schüchtern und hielt ihm seine eigenen Finger hin. Rhys gab eine großzügige Menge Gel auf sie, dann träufelte er eine kleine Menge auf Finns Schwanz und verteilte es darauf. Er bewegte sich so, dass er sich auf seinen Händen und Knien präsentieren konnte, aber Finn hielt ihn wieder zurück. „Können wir uns dabei ansehen? Ich möchte dich sehen ..."

Ein Schauer durchlief Rhys bei der Erinnerung daran, dass dies so viel mehr als ein spontaner Fick war. Er konnte sich nicht einmal an den letzten Mann erinnern, den er dabei angesehen hatte. Das hatte er nicht einmal mit seinem alten Partner, Tom, gemacht, mit dem er fast ein Jahr lang exklusiv zusammen gewesen war. Es war immer schnell und rau gewesen und selten überhaupt im Bett. Aus Angst, dass er nicht wirklich in der Lage sein könnte, das Wort „ja" rauszukriegen, nickte Rhys und ließ sich auf den Rücken sinken. Er zog seine Beine nach oben und auseinander und sah zu, wie Finn die Hand nach seinem entblößten Loch ausstreckte. Und dann berührte Finn ihn und Rhys wusste, dass die Dinge sich ändern würden.

Finn starrte auf Rhys' Loch, dann streckte er die Hand aus, um mit dem Daumen darüber zu streichen und es ohne das Gleitgel zu fühlen. Rhys zuckte bei der Berührung zusammen und Finn blickte auf, um sicherzustellen, dass mit ihm alles in Ordnung war. Die dunkle, rohe Leidenschaft, die ihm entgegenblickte, versicherte ihm, dass es Rhys gut ging, und die fast lila Spitze von Rhys' tröpfelndem Schwanz beseitigte alle noch verbliebenen Zweifel. Er berührte die faltige Haut noch ein paar Mal, dann gab er einen Teil des Gleitgels darauf. Er bewegte seine Finger in kleinen Kreisen um die Öffnung herum und alle paar Sekunden schob er die Spitze eines Fingers hinein. Rhys begann, sich gegen seine Finger zu schieben, also drang er mit einem ein, bis er an dem ersten Muskel vorbei gelangte. Rhys stöhnte und Finn schloss seine Augen bei der engen Umklammerung von Rhys' Körper. Wenn es sich schon bei seinem Finger so eng anfühlte, wie sollte er es je überleben, seinen ganzen Schwanz in diesem schönen Mann zu haben?

„Finn, bitte", hörte er Rhys sagen und sein Blick schoss nach oben, wo der andere Mann die Zähne zusammengebissen hatte. Obwohl Finn derjenige mit der fehlenden Erfahrung war, erkannte er plötzlich, wie viel Macht er hatte, und ein Schauer durchlief ihn bei dem Gedanken. Seine Unsicherheiten traten in den Hintergrund, als er seine freie Hand benutzte, um eines von Rhys' Beinen aus dem schraubstockartigen Griff zu lösen, mit dem der Mann es festhielt. Er legte Rhys' Bein gegen seine Schulter, dann bedeutete er Rhys, das Gleiche mit seinem anderen Bein zu tun.

„Sag mir, wie es sich anfühlt", flüsterte Finn, als er seinen Finger herauszog und dann wieder hineinschob.

„Gut, Baby, so gut. Aber ich brauche mehr. Bitte."

Finn lächelte bei dem fast flehenden Ton in Rhys' Stimme. Er fügte einen zweiten Finger zu dem ersten hinzu und bewegte sie quälend langsam hinein und hinaus, wobei er ab und zu eine scherenförmige Bewegung machte, die Rhys veranlasste, sich zu winden und zu stöhnen. Finn hatte beabsichtigt, dies so lange fortzusetzen, wie er konnte, aber er erkannte, dass sein Körper nicht kooperieren würde, also fügte er einen dritten Finger hinzu.

„Rhys, ich brauche dich", sagte er, als er die Finger herauszog und seinen Schwanz vor das pulsierende Loch hielt. Er blickte auf, um sicherzustellen, dass Rhys bereit war, aber der andere Mann schien nicht mehr zu Worten fähig zu sein und schaffte nur ein knappes Nicken, während seine Finger sich im Laken verkrampften.

Finn schob sich nach vorne, den Blick abwechselnd auf die Spitze seines Schwanzes, die in Rhys' Körper verschwand, gerichtet, und auf Rhys' Gesicht, um sicherzustellen, dass er ihm nicht weh tat. Aber Rhys' Kopf war nach hinten gelegt und seine Augen geschlossen. Mit jeder vor und zurück schaukelnden Bewegung, die Finn weiter ins Innere des heißen Kanals versinken ließ, grunzte Rhys.

„Rhys", sagte Finn unschlüssig und hielt inne.

„Fuck, nicht aufhören!" Rhys schrie auf, als er seinen Körper auf dem Bett nach unten schob und versuchte, Finn weiter hinein zu zwingen. Das war alles, was Finn brauchte, und er rammte seine Hüften nach vorne und stöhnte, als seine Eier gegen Rhys' Arsch schlugen. Die Kombination aus Hitze und Druck um seinen Schwanz war fast zu viel und er konnte nicht anders, als sich fast ganz zurück zu ziehen und wieder tief hinein zu stoßen. Rhys' Beine drückten gegen Finns Schultern, als er zu versuchen begann, sich ihm bei jedem Stoß entgegenzuschieben, also schlang Finn seine Arme um Rhys' Oberschenkel, um ihre Körper so nah wie möglich aneinander zu halten, während er immer wieder unerbittlich in Rhys stieß.

„Das ist so gut", hörte er Rhys sagen und er wäre fast ins Stocken geraten, als sich diese leuchtenden Augen öffneten und ihn ansahen, während Finn den willigen Körper fickte. Er hatte Rhys von vorne nehmen wollen, damit er seine Augen sehen konnte, wenn er kam, aber er hatte nicht mit dieser überwältigenden Flut von Emotionen gerechnet, die sich in ihnen zeigte. Dieser starke, schöne, manchmal verrückte und immer loyale Mann ließ Finn in jeden Teil von ihm vordringen, und es war fast zu viel.

„Rhys", flüsterte er, als Tränen in seinen Augen brannten. Er beugte sich vor und presste ihre Münder zusammen, während er seine Stöße fortsetzte. Rhys öffnete sich sofort für ihn und begrüßte seine Zunge. Arme legten sich um seinen Rücken und Rhys' Beine waren um seine Hüften geschlungen, als er sich dem Gipfel näherte.

Es gelang ihm, eine seiner Hände zwischen ihre Hüften zu bekommen, und er rieb den Schwanz des anderen Mannes in dem gleichen brutalen Rhythmus, den sein Körper vorgab. Er hoffte inständig, dass er Rhys mit seinen Stößen nicht weh tat, aber er war zu dicht davor um aufzuhören oder langsamer zu machen. Sich von Rhys' Mund zurückziehend, ließ er seine Stirn gegen die von Rhys sinken und gab den Versuch auf, seine Augen offen zu halten, als der Orgasmus über ihn hereinzubrechen begann. Zwei weitere harte Stöße und er schrie vor Erleichterung, als sein Körper losließ und der Samen aus seinem pulsierenden Schwanz schoss. Rhys' Finger schlossen sich um Finns Nacken, als er seinen Namen rief und dann zitterte. Finn fühlte seine Erfüllung auf seiner Handfläche und gegen ihre Bäuche spritzen.

Finns Haut kribbelte und seine Muskeln entspannten sich und er fühlte sich plötzlich kraftlos. Seine Hand steckte noch zwischen ihren verschwitzten Körpern, als Finn sein ganzes Gewicht auf den harten Körper unter ihm sinken ließ. Rhys' heißer, schwerer Atem streifte seinen Hals und dann waren da leichte Küsse auf seiner Schulter und große Hände, die sich auf seinen Arsch legten und ihn einfach dort festhielten.

Kapitel Zehn

Rhys stöhnte bei dem Gefühl einer glatten Zunge, die seinen Schwanz hinaufwanderte, bevor sanft an der breiteren Spitze gesaugt wurde. Er legte einen Arm unter seinen Kopf, damit er beobachten konnte, wie Finn sich über seinen schmerzenden Schwanz hermachte. Mit einem sehr heißen Mann um sich geschlungen aufzuwachen war eine Sache, aber von ihm so den Schwanz verehrt zu bekommen, war noch hundertmal besser. Trotz seiner Unerfahrenheit war Finn mit Leib und Seele bei der Sache. Genau wie gestern Abend.

Rhys war öfter gefickt worden, als er zählen konnte, und war selbst sogar noch öfter aktiv gewesen. Aber er hatte noch nie so etwas wie gestern Abend erlebt. Er war noch nie in einer Situation gewesen, wo Sex mehr war als nur ein Schwanz, der auf der Suche nach Erfüllung in ihm steckte.

Doch letzte Nacht war das erste Mal gewesen, weil Finn nichts zurückgehalten hatte, vor allem nicht in seinen Augen. Er bezweifelte, dass Finn selbst überhaupt wusste, dass seine Augen Fenster zu jeder Emotion waren, die er empfand. Letzte Nacht hatte Rhys die ganze Palette dieser Emotionen gesehen, einschließlich Angst,

Neugier, Vertrauen, Macht und Ehrfurcht. Aber es war sich selbst durch Finns Augen zu sehen, das seinen Verstand durcheinandergebracht und ihn fast die ganze Nacht am Einschlafen gehindert hatte, selbst als Finn um ihn geschlungen dagelegen hatte, ein Bein über Rhys' Bein geworfen und einen Arm über Rhys' Brust drapiert.

Finn hatte etwas so Einfaches wie Sex in so viel mehr verwandelt. Zum ersten Mal in seinem Leben hatte Rhys sich bedeutungsvoll gefühlt, gewollt ... gebraucht. Es war etwas, auf das je wieder zu verzichten Rhys sich nicht mehr vorstellen konnte, aber genau das würde passieren. Er musste daran denken, dass alles, was er gestern Abend in Finn gesehen hatte, nur darauf zurückzuführen war, dass es sein erstes Mal gewesen war und die neuen Empfindungen, die seinen Körper durchfluteten, ihn überwältigt hatten, nicht, weil er etwas für Rhys empfand, das er bisher nur für einen anderen Mann gefühlt hatte – und für diesen Mann noch immer fühlte, rief Rhys sich in Erinnerung. Dieses Wissen war der einzige Grund, der Rhys davon abgehalten hatte, der erste Mann zu sein, dem das Vergnügen gewährt wurde, sich tief in Finns perfekten Körper zu schieben. Das war etwas, das Finn dem Mann schenken sollte, den er liebte, nicht dem Kerl, der nur ein praktischer Platzhalter war.

Rhys schob alle Gedanken aus seinem Kopf, als Finn aufhörte, ihn zu foltern und ihn endlich tief in den Mund saugte. Der jüngere Mann musste sofort würgen und zog sich zurück, dann schenkte er Rhys ein verlegenes Lächeln, als er es wieder versuchte. Gott, er war wirklich schön, dachte Rhys bei sich, als er seine Finger durch Finns weiches Haar gleiten ließ. Finn erhöhte den Druck seines Saugens, als er seinen Mund über Rhys' Schaft nach oben und unten rutschen ließ und Rhys widerstand dem Drang, in seinen Mund zu stoßen.

Finn hatte die Decke völlig beiseite geschoben, als er sich über Rhys' Schwanz hermachte, so dass Rhys einen freien Blick auf den knackigen, glatten Arsch hatte, der sich auf dem Laken auf und ab bewegte. In der Tat war er nahe genug um ihn zu berühren, also zog Rhys seine Hand aus Finns Haar und strich über die weiche Haut, bis die Spitze seines Fingers in der Falte verschwand.

Finn stöhnte und Rhys grunzte bei den Empfindungen, die seinen Schwanz heimsuchten. Dieses Mal konnte er sich nicht davon abhalten, in Finns Mund zu stoßen, und er fühlte, wie Finn seinen Kiefer und Hals entspannte, so dass er ihn tiefer hinein nehmen konnte.

Rhys benutzte seinen Speichel um die Spitze seines Fingers zu benetzen, bevor er ihn wieder zwischen Finns runde Arschbacken schob und seine Öffnung fand. Ein weiteres Stöhnen kam von Finn, als er begann, Rhys' Schwanz ernsthaft zu lutschen. Finns Hand verschwand unter seinen eigenen Hüften um sich selbst zu streicheln, während er sich gegen Rhys' Finger drängte, und schließlich gab Rhys ihm, was er wollte, und schob die Spitze hinein. Es war genug, um Finn und Rhys fast zur gleichen Zeit zum Höhepunkt zu bringen.

Rhys sah zu, wie sein Sperma über Finns Lippen quoll, als der versuchte, alles hinunterzuschlucken. Rhys zog ihn für einen Kuss nach oben und leckte die Flüssigkeit um seinen Mund ab, bevor er seine Zunge hineinschob. Als ihre Orgasmen nachgelassen hatten und ihre Körper zusammenschmolzen, zog Finn sich zurück und sagte mit einem frechen Lächeln: „Du schmeckst besser."

Callan fühlte Kälte durch seinen Körper sickern, als er beobachtete, wie Finn und Rhys über etwas lachten und Rhys dann Finn mit dem Wasserschlauch nass spritzte. Er vermutete, dass die Männer unterwegs gewesen waren um nach der Herde zu sehen und gerade ihren Pferden den Schweiß abwaschen wollten, als es zu der kleinen Wasserschlacht gekommen war. Von dort, wo sie standen, konnten sie Callan nicht im Stall sehen, so dass er einen freien Blick auf sie hatte und er wusste sofort, dass sich zwischen den beiden Männern, die erst gestern noch bereit gewesen waren, Schläge auszutauschen, etwas verändert hatte. Sie waren nicht übermäßig offenkundig, aber eine heimliche Berührung hier, ein verschmitztes Lächeln und ein hitziger Blick dort – Gesten, die nur zwei Personen, die miteinander intim gewesen waren, austauschen würden, wenn sie glaubten, niemand sähe ihnen zu.

Er hatte gewusst, dass es irgendwann passieren würde, aber er war dennoch nicht auf das betäubende Gefühl von Verlust vorbereitet, das ihn dabei erfüllte. Und das Schlimmste war, dass er den Verlust von beiden Männern fühlte, nicht nur von einem. Dass Finn ihn verlassen und wegziehen würde war beschlossene Sache gewesen, aber der Mann, der Finn gab, was er brauchte, was er verdiente, war immer nur ein gesichtsloser Mensch in einer Welt gewesen, die nur in Callans düsterer Zukunft existierte. Aber dass dieser Mann ausgerechnet Rhys sein musste, ein Mann, zu dem er sich selbst hingezogen fühlte, war eine grausame Wendung des Schicksals. Karma, nahm er an – seine Strafe für all die Lügen, die er erzählt hatte, damit er nicht den Rest seines Lebens damit verbringen würde, zuzusehen, wie Finn sein Leben ohne ihn verbrachte. Und verdammte Scheiße, genau das passierte hier doch gerade.

„Callan?", hörte er seine Tante hinter ihm rufen. Ihre Stimme war hoch und von Angst erfüllt. Er drehte sich um und sah, wie sie durch die Stallgasse zu ihm eilte, die Hände in einer nervösen Drehbewegung aneinander reibend.

„Bist du in Ordnung?", fragte er, als er sie erreichte. Er hörte menschliche Schritte und Hufgeklapper hinter sich.

„Es ist dein Vater – ich kann ihn nicht finden", rief sie. „Er machte ein Nickerchen und ich ging nach draußen um nur ein paar Minuten auf der Veranda zu sitzen, dabei muss ich eingenickt sein", sagte sie mit zitternder Stimme.

Er fühlte Finns Gegenwart an seinem Ellbogen und wusste, dass Rhys wahrscheinlich auch ganz in der Nähe war.

„Ich wachte auf und wollte nach ihm sehen, aber er war nicht im Bett. Ich kann ihn nirgends finden!"

„Es ist okay, wir werden ihn finden", sagte er und zog sie in seine Arme.

Er drehte sich um und sah, dass Finn und Rhys bereits wieder ihre Pferde sattelten. Er wandte sich erneut Dolly zu und sagte: „Kannst du zurück ins Haus gehen und auf ihn warten, falls er zurückkommt? Ruf mich auf dem Handy an, wenn er es tut. Du hast Finns Nummer auch, nicht wahr?", fragte er.

Sie nickte, Tränen in den Augen. „Es ist bereits so heiß, Callan. Er wird nicht daran gedacht haben, Wasser mitzunehmen", sagte sie mit erstickter Stimme.

Angst erfüllte Callan und er zwang sich, ruhig zu bleiben, während er Dolly zum Haus führte. Als er in den Stall zurückkehrte, hatten Finn und Rhys ihre Pferde gesattelt und Finn führte gerade Callans schwarzen Wallach aus dem Stall.

„Finn, du übernimmst die südliche Weide. Rhys, kannst du dich am See umschauen? Er und meine Mutter gingen gerne dorthin, und er erinnert sich nicht daran, dass der See zugeschüttet worden ist. Ich werde in den Wald oben nördlich vom Haus reiten", sagte er, als er den Sattelgurt seines Pferdes enger zurrte.

„Verstanden", sagte Finn. „Es wird schon alles mit ihm in Ordnung sein, Cal", beruhigte Finn ihn, und dann zog der Mann ihn für eine rasche Umarmung in seine Arme. Callans Angst überwog seinen gesunden Menschenverstand, und er legte Finn kurz einen Arm um die Schultern, den anderen um seine Taille und vergrub sein Gesicht in die Schulter des Mannes. Es dauerte nur wenige Sekunden, aber als er aufblickte, sah er, dass Rhys ihn beobachtete, während er neben seinem eigenen Pferd und West stand. Der wissende, mitleidsvolle Ausdruck in seinen Augen veranlasste Callan, Finn loszulassen und sein Pferd am Zügel zu nehmen um es ohne ein weiteres Wort aus dem Stall zu führen.

Callan hielt die Galle zurück, die ihm in die Kehle stieg, als er wieder auf seine Uhr schaute. Fünfundvierzig Minuten. Sein Vater war seit weniger als einer Stunde verschwunden, aber es fühlte sich wie eine Ewigkeit an. Die Hitze war drückend und das Gelände war rau und unerbittlich und Callan wusste, dass ein falscher Schritt seinen Vater das Leben kosten könnte. Klapperschlangen waren in der Gegend nicht selten, und er hatte Anfang dieser Woche sogar Bärenkot in der Nähe der Baumgrenze entdeckt, die das Tal begrenzte, in dem die Herde die meiste Zeit verbrachte. Schuldgefühle nagten an Callan für die vielen Male, die er sich gewünscht hatte, er müsste sich nicht mit seinem Vater und der Krankheit beschäftigen, die ihn Stück für Stück fortriss. Der Mann, den er kannte, verschwand vor seinen Augen, aber hin und wieder erhaschte er noch einen Blick auf den stolzen, starken Mann, der ihn den Wert eines harten Arbeitstags gelehrt hatte, als er noch ein kleiner Junge gewesen war. Den Mann, der ihm gezeigt hatte, wie er es mit den größeren Kindern aufnehmen konnte, die auf ihm rumhackten, und auch für diejenigen einzustehen, die nicht für sich selbst kämpfen können.

Tränen brannten in Callans Augen und er griff nach seinem Handy, bereit, die Polizei anzurufen. Er wusste, dass niemand aus der Stadt helfen würde, eine Suchmannschaft zusammenzustellen, aber er hatte einen Freund, der für die State Patrol arbeitete. Es würde einige Zeit dauern, mehr Helfer zusammenzutrommeln, aber es war immerhin etwas. Als er gerade wählen wollte, klingelte sein Telefon und Angst durchfuhr ihn von Neuem beim Anblick von Rhys' Nummer.

„Ich hab' ihn, Callan", hörte er Rhys sagen, sobald er ranging. „Er ist okay", fügte der Mann schnell hinzu und Callan brachte sein Pferd zum Stehen und hielt eine Hand über seine Augen, um die Tränen der Dankbarkeit zurückzuhalten, die hervorzuquellen drohten.

„Wo bist du?", brachte er hervor.

„Auf der anderen Seite des Sees", sagte Rhys. „Er ist ziemlich verwirrt und er will nicht mit mir aufs Pferd steigen, also werde ich uns in der Nähe der Zufahrtsstraße einen Platz im Schatten suchen und dort warten. Denkst du, dass deine Tante den Pickup hier runter bringen kann? Sie ist wahrscheinlich am nächsten dran und je früher wir ihn aus der Hitze rauskriegen, desto besser."

„Ja, ja, ich werde sie anrufen", sagte Callan schnell. „Danke, Rhys", schaffte er noch zu sagen. „Danke." Er beendete das Gespräch, bevor Rhys das Schluchzen hörte, das noch in seinem Hals steckte. Es gelang ihm, sein Pferd herumzudrehen und zurück in Richtung der Ranch zu reiten. Es dauerte eine Weile, seine Emotionen unter Kontrolle zu bekommen, aber es gelang ihm schließlich, seine Tante ans Telefon zu bekommen und er gab der erleichterten Frau Anweisungen, wo Rhys zu finden war. Danach rief er Finn an, obwohl er sich kurz fasste, damit Finn nicht mitbekam, wie sehr ihm das zu schaffen machte.

Als er wieder auf der Ranch ankam, ruhte sein Vater im Wohnzimmer, wo Dolly ihn nötigte, ein zweites Glas kaltes Wasser zu trinken. Callan ließ eine Hand auf Carters Schulter sinken und sagte: „Bist du in Ordnung, Pa?"

„Kann das Spiel nicht finden", murmelte Carter, der verwirrt auf die Fernbedienung starrte.

„Die Football-Saison hat noch nicht angefangen. Wie wäre es denn mit Baseball?", fragte Callan, während er die Fernbedienung nahm und umschaltete. Sein Vater sah okay aus, obwohl seine Haut leicht von der Sonne verbrannt war. Zum Glück hatte er ein Hemd mit langen Ärmeln und eine lange Hose getragen, so dass nur wenig von seiner Haut der Sonne ausgesetzt gewesen war.

„Trink noch etwas mehr Wasser", sagte Dolly und reichte ihm das Glas.

„Ich will Bier", brummte Carter.

„Ich mache dir einen Vorschlag. Du trinkst das ganze Glas Wasser aus, dann werde ich dir ein Bier holen, okay?", sagte Dolly. Callan fühlte Traurigkeit aufsteigen, weil er wusste, dass sein Vater die kleine Notlüge, die Dolly ihm aufgetischt hatte, schon lange bevor er das Wasser ausgetrunken hatte wieder vergessen haben würde.

Er führte Dolly vor die Tür und sagte: „Vielleicht sollten wir ihn in die Notaufnahme bringen."

Dolly schüttelte den Kopf. „Ich denke, das würde ihn nur noch mehr beunruhigen. Meine Freundin Evelyn ist auf dem Weg hierher. Sie ist eine Krankenschwester im Ruhestand. Sie sagte, sie würde ihn untersuchen, und dann können wir sehen, ob er ins Krankenhaus gehen sollte."

Callan nickte, dann sah er die Tränen in Dollys Augen.

„Callan, es tut mir so leid", flüsterte sie. „Ich war einfach so müde ..."

Callan zog sie in seine Arme und küsste sie auf den Kopf. „Es ist nicht deine Schuld", beruhigte er sie. „Du kümmerst dich so gut um ihn, Tante Dolly. Ich weiß nicht, was ich ohne dich tun würde", gab er zu.

Dolly beruhigte sich, dann zog sie sich zurück und wischte sich die Augen, wobei ein weinerliches Lachen aus ihrem zitternden Mund kam. „Ich bin heute einfach voller Wasser", sagte sie mit einem leisen Lachen. „Der arme Rhys musste sich wahrscheinlich ein frisches Hemd anziehen gehen, nachdem ich endlich aufgehört habe, ihn zu umarmen."

Callan versteifte sich bei der Erwähnung von Rhys und er hoffte, dass seine Tante es nicht bemerkte. „Ich muss mein Pferd runter in den Stall bringen und ihn abkühlen. Wirst du hier klar kommen?", fragte er. Sie nickte, dann folgte sie ihm zur Tür. „Ruf mich an, wenn du mich brauchst", sagte er.

„Das werde ich, Schätzchen", sagte sie und küsste ihn auf die Wange. Er verließ das Haus und löste sein Pferd von dem Verandageländer, dann führte er das verschwitzte Tier hinunter in die Scheune. So sehr er Rhys auch seinen persönlichen Dank schuldete, er hoffte wirklich, dass er und Finn nicht in der Nähe wären, denn er war sich nicht sicher, wie viel mehr Drama er heute noch ertragen könnte. Und es war noch nicht einmal Mittag.

Rhys stöhnte, als Finn sich mit gespreizten Beinen auf ihn setzte und ihn gemächlich küsste, bevor seine geschickte Zunge gekonnt jeden

Winkel neckte und sich schließlich mit seiner Zunge vereinte. Er legte automatisch seine Hände auf Finns Taille und begann, ihre Körper schaukelnd zusammen zu bewegen, während Finn seine sinnliche Folter fortsetzte.

Die Ereignisse des Tages hatten sie schließlich eingeholt, als sie ins Haus zurückkehrten und ein schnelles Abendessen zubereiteten. Der Plan war gewesen, die Sandwiches aufzuessen, während sie vor dem Fernseher abhingen und einen der vielen Action-Filme sahen, die Finn in seiner DVD-Sammlung hatte, aber sie schafften es nicht mal bis nach der ersten Schießerei, bevor Finn den Teller beiseite schob und auf Rhys' Schoß kletterte.

Callan war verschwunden, kurz nachdem er von seiner Suche nach seinem Vater zurückgekehrt war. Er war lange genug geblieben, um sein Pferd zu waschen, dann hatte er sich den Truck geschnappt und war einfach weggefahren. Finn hatte ihn mehrmals angerufen, hatte aber keine Antwort bekommen. Als jetzt die Scheinwerfer durch das Fenster blitzten, zögerten sie beide. Rhys konnte erkennen, dass Finn etwas sagen wollte, aber zu viel Angst hatte, das Thema anzuschneiden.

„Du solltest mal nach ihm sehen", sagte Rhys.

Finn schüttelte den Kopf, aber die Unentschlossenheit verweilte und Rhys konnte nicht umhin, ihn innig zu küssen. Es war seltsam, aber er wusste, dass es ihn mehr stören würde, wenn Finn bereit wäre, Callan für ihn sitzen zu lassen. „Geh schon. Sieh nach, ob mit ihm alles in Ordnung ist", sagte Rhys, schlug Finn auf den Arsch und stand dann auf, so dass er den anderen Mann zwang, sich hinzustellen.

„Rhys", sagte er.

„Finn, wenn auch sonst nichts, aber er ist dein bester Freund. Geh. Ich werde hier sein, wenn du wieder zurückkommst", versprach er.

Finn nickte schließlich und eilte aus dem Haus. Rhys ging in sein Zimmer, wo er seine schweißbefleckte Kleidung auszog und in die Dusche stieg. Es war eine Erleichterung gewesen, Callans Vater zu finden, aber die Verwirrung und mürrische Haltung des Mannes hatten es schwierig gemacht, mit ihm umzugehen. Tante Dolly war auch ein Stück Arbeit gewesen, aber auf eine sehr gute Art. Nachdem sie aufgehört hatte, ihn vollzuheulen und Getue um ihren Bruder zu machen, hatte sie die Verantwortung für Carter übernommen und ihn in wenigen Minuten in den Truck gesteckt. Er hatte sein Pferd zurückbringen müssen, also war sie vorausgefahren, damit sie ihren Bruder in die Sicherheit des klimatisierten Hauses bringen konnte, aber sie hatte ihm das Versprechen abgerungen, bald auf einen Plausch zum Haupthaus zu kommen. Es war noch eine weitere Verbindung, die er wohl nicht eingehen sollte, aber er konnte nicht umhin, sie fragen zu wollen, wie Callan als Kind gewesen war.

Er hatte den Mann noch nie so kurz vor einem Zusammenbruch gesehen wie vorhin, als Finn ihn getröstet hatte, bevor sie sich getrennt auf die Suche gemacht hatten. Anhand von Callans Reaktion auf die Nachricht, dass sein Vater verschwunden war, und den Informationen, die er aus den Worten des verwirrten, älteren Mannes herausgelesen hatte, begann Rhys zu verstehen, warum Callan so lange versteckt hatte, wer er war.

Rhys trat aus der Dusche und zog eine Trainingshose an. Er hatte gerade ein T-Shirt übergestreift, als Finn in sein Zimmer kam. Seine Besorgnis war ihm deutlich ins Gesicht geschrieben.

„Er wollte nicht mit mir reden", sagte er leise, als er sich auf Rhys' Bett setzte. „Er hat mir nicht einmal die Tür aufgemacht."

„Er wird schon klar kommen, Finn. Es war heute alles ziemlich viel für ihn."

Finn nickte, obwohl er nicht so aussah, als ob er wirklich glaubte, was er da wortlos bestätigte. Rhys beugte sich hinunter und küsste Finn, dann zog er ihn auf die Füße. „Geh dich waschen. Du wirst dich danach besser fühlen", drängte er. Finn streckte seine Finger aus und strich über Rhys' Mund, seine Augen voll mit diesen verdammten Gefühlen, in die Rhys nicht so viel hineininterpretieren durfte.

Finn ging über den Flur und zu seinem eigenen Bad. Sobald

Rhys das Wasser rauschen hörte, schnappte er sich die Werkzeuge, die er brauchen würde, und verließ das Haus. Callans Haus stand nur dreißig Meter entfernt und war genauso gebaut wie Finns. Rhys brauchte ein wenig länger um das Schloss an der Haustür zu knacken, da es sowohl draußen als auch drinnen stockdunkel war, aber es gelang ihm dennoch in wenigen Minuten.

Der vordere Teil des Hauses war leer, also setzte Rhys von Sorge erfüllt seinen Weg zu den Schlafzimmern fort. Er betrat das größere der beiden Schlafzimmer und blieb stehen, als er Callan am Rande des Bettes sitzen sah, eine Flasche in der Hand. Das Licht im Bad war an und erhellte das Schlafzimmer genug um ihm zu zeigen, dass die Flasche noch größtenteils voll war.

„Verletzt du mit Einbruch nicht deine Bewährungsauflagen?", sagte Callan mit einem Grunzen, als er einen langen Zug aus der Flasche nahm.

Rhys ignorierte das Sticheln und lehnte sich gegen den Türrahmen. „Finn macht sich Sorgen um dich."

„Er wird darüber hinwegkommen. Wie du mir immer wieder sagst, er ist ein großer Junge." Callan setzte an, noch einen Schluck zu nehmen, aber Rhys erreichte ihn, bevor die Flasche seine Lippen berührte. Er schnappte sich die Flasche und trug sie ins Badezimmer. Fast die Hälfte davon war bereits im Abfluss verschwunden, bevor Callan ihn packte und gegen das Waschbecken schubste. „Verpiss dich, Rhys", sagte er mit einem Knurren und versuchte, die Flasche wieder an sich zu nehmen.

Rhys ließ die Flasche ins Becken fallen und brachte seinen Arm auf Callans hinunter damit der seinen Griff lockerte, dann verdrehte er dem Mann den Arm und schob ihn weg. „So wird es dann jetzt also sein, hm, Callan? Du würdest deine Lügen lieber in Alkohol ertränken, anstatt dein Leben zu leben?"

„Fahr zur Hölle", antwortete Callan mit brechender Stimme.

„Ich verstehe es", sagte Rhys, als er den Rest der Flasche ausleerte und sie in den Mülleimer neben dem Waschbecken fallen ließ. „Glaub' mir, ich kann es verdammt nochmal verstehen." Er lehnte sich zurück gegen das Waschbecken. „Ich weiß, warum dein Vater heute weggelaufen ist."

Er sah, wie Callan sich versteifte, aber der hartnäckige Mann blieb stumm.

„Er sagte mir immer wieder, er müsse dich an der Bushaltestelle treffen, weil er nach der Schule mit dir fischen gehen wollte. Er sagte, es wäre deine Lieblingsbeschäftigung."

Callan lehnte seinen Kopf gegen die Wand zurück und schloss die Augen, während ihn die Kampfbereitschaft verließ. „Was hat er gesagt?"

Rhys lachte leise. „Na ja, er war irgendwie total verwirrt, aber es war die Rede davon, dass niemand besser auf einem Pferd sitzt als du, deine Zeugnisse während der gesamten High School-Zeit voller Einser waren und ihr beide zusammen die Ranch führen würdet, wenn du erwachsen bist." Rhys verringerte den Abstand zwischen sich und dem anderen Mann, drückte seine Hand auf Callans Wange und zwang ihn, ihm in die Augen zu sehen. „Du hast ihn verloren, bevor du die Gelegenheit hattest, herauszufinden, ob er dich annehmen würde, wie du wirklich bist, nicht wahr? Und jetzt kannst du nur noch der Sohn sein, an den er sich erinnert, anstelle von dem, der du hättest sein können."

Callan hob seine Hand und schloss sie um Rhys' Handgelenk. „Er hätte mich nicht angenommen", sagte er leise. „Ich hatte so viele Gelegenheiten, es ihm zu sagen, als ich jünger war, und ich tat es nicht, und dann war es zu spät. Ich war ein verdammter Feigling."

„Du schuldest ihm nicht deine Zukunft, Callan."

„Also soll ich ihn einfach im Stich lassen? Den Mann, der mir das Leben geschenkt hat, der mich beschützt hat? Soll ich ihn im Stich lassen, wenn er mich am meisten braucht?" Callan zog Rhys' Hand von seiner Wange weg. „Oder soll ich von Finn – oder irgendeinem anderen Mann – verlangen, an einem Ort zu bleiben, wo wir nie wirklich zusammen sein könnten?" Callan richtete sich auf und versuchte, sich an Rhys vorbei zu drängen, um das Badezimmer zu verlassen.

„Die Dinge können sich ändern, wenn du kämpfst! Diese Stadt kann sich ändern! Kämpfe für das, was du willst, verdammt noch mal!", sagte Rhys und knallte Callan gegen die Wand.

„Um welchen Preis, Rhys? Du bist seit einer Woche hier. Du hast einen zerschnittenen Zaun und ein verletztes Kalb gesehen. Sag' mir doch nochmal, wie ich kämpfen soll, wenn die Hälfte meiner Herde tot ist oder im Sterben liegt. Wenn du dich fragen musst, ob der Schluck Wasser, den du eben aus dem Brunnen genommen hast, dich genauso töten wird wie vorher die Tiere. Wenn du immer über die Schulter siehst, weil du auf den nächsten Angriff wartest und genau weißt, dass niemand da sein wird, um dir zu helfen, wenn es darauf ankommt."

Callan trat direkt vor Rhys. „Sag' mir, wie du kämpfst, wenn du zusiehst, wie der Mann, den du liebst, jeden Tag ein bisschen stirbt, weil er von Menschen umgeben ist, die ihn dafür hassen, dass er nicht nach ihren Regeln spielen will. Sag' mir, wie du kämpfst, wenn du Nacht für Nacht wachliegst und betest, dass er nicht derjenige ist, auf den diese Feiglinge es als nächstes abgesehen haben statt nur deiner Zäune oder deinem Vieh oder deinem Scheckbuch!"

„Cal?"

Rhys hörte, wie Callan scharf die Luft einsog, als die leise, verwirrte Stimme zu ihnen druchdrang. Sie drehten sich beide zur gleichen Zeit um und sahen Finn direkt vor der Badezimmertür stehen. Rhys erkannte an dem Schrecken und Schock auf seinem Gesicht, dass der junge Mann Callans Liebeserklärung gehört hatte.

Kapitel Elf

Callans ganze Welt brach zusammen beim Klang von Finns zaghafter Stimme und er lehnte sich gegen die Wand.

„Finn", hörte er Rhys sagen, als er das Bad verließ und nach dem jüngeren Mann griff.

„Rühr mich nicht an. Fass mich ja nicht an!", schrie Finn, als er seine Arme um sich schlang. Er trat um Rhys herum und blieb in der Tür des Badezimmers stehen.

„Wie lange, Callan?" Callan hob seine Augen zu Finns und sah die Wut in ihnen brennen, sowie die Enttäuschung.

Callan, nicht mehr Cal.

„Wie lange?", schrie Finn.

„Was, Finn?", sagte Callan schließlich müde. „Wie lange habe ich gewusst, dass ich schwul bin, oder wie lange bin ich schon in dich verliebt?"

Finn trat zurück, als ob er körperlich geschlagen worden wäre.

„Finn." Rhys versuchte es noch einmal, aber Finn wirbelte zu ihm herum. „Du wusstest es?"

Rhys nickte.

„Ich habe ihn gebeten, es dir nicht zu sagen", sagte Callan.

„Halt verdammt nochmal die Klappe, Callan!", schrie Finn, dann drehte er sich um und richtete seine Aufmerksamkeit wieder auf Rhys. „Letzte Nacht?", fragte er, seine Stimme zu einem Flüstern gesenkt, als Schmerz ihn durchfuhr. „Ist das der Grund, warum du mich letzte Nacht nicht ficken wolltest?"

Callan sah, wie Rhys unbehaglich sein Gewicht verlagerte.

„Gott, hast du", begann Finn zu sagen, aber die nächsten Worte schienen ihm im Halse stecken zu bleiben. „Hast du mich für ihn aufgespart?" Tränen flossen über Finns Gesicht, während er hysterisch lachte, ein Laut, der Callan wie ein Messer zerschnitt. „Oh Gott!", rief Finn.

Rhys packte Finn, der sofort versuchte, sich von ihm loszureißen. „Was letzte Nacht zwischen uns passiert ist, war genau das, was ich sagte, Finn!"

„Nimm deine beschissenen Hände von mir!"

„Finn, hör auf damit!", sagte Callan schließlich.

Finn riss sich von Rhys los und drehte sich um. Er sah aus, als würde er wieder anfangen zu toben, aber dann verließ ihn der Kampfgeist. „Wie konntest du mir das antun?", sagte er so leise, dass Callan ihn kaum hören konnte. Finn schüttelte den Kopf, fast so, als ob er verwundert wäre, und Tränen liefen über sein Gesicht. „Wie konntest du mir das nur antun, Cal", wiederholte er, drehte sich um und ging an Rhys vorbei.

Callan spürte sein Inneres zerreißen, als er zusah, wie Finn ihn für immer verließ. Er sah zu Rhys auf, aber der andere Mann bewegte sich nicht. Callan beugte sich vor, als ihn Übelkeit überkam. Das war immer der Plan gewesen – Finn gehen zu lassen. Aber jetzt, wo es passiert war, konnte er sich an keinen der Gründe erinnern, aus denen er es geschehen lassen sollte. Alles, woran er denken konnte, war, dass Finn am Morgen nicht mit seinem sonnigen Lächeln da sein würde, und die Pferde fütterte oder West vorbereitete, damit sie zusammen ausreiten und die Zäune kontrollieren konnten. Er würde nicht da sein und dieses laute, herzhafte Lachen von sich geben oder seine seltsamen Witze reißen, die nur für ihn selbst Sinn machten. Es würde kein dummes Grinsen oder ernsthafte Gespräche oder gemeinsame Siege mehr geben. Finn zu verlieren bedeutete, sich selbst zu verlieren, den einen letzten Teil von ihm zu verlieren, der noch ehrlich und echt war.

Callan bewegte sich, bevor er sich eines Besseren besinnen konnte und rannte, noch bevor er die Schlafzimmertür erreichte. Finn war gerade dabei, die Haustür zu öffnen, als Callan ihn von hinten rammte und die Tür zudrückte.

„Bitte nicht", flüsterte er gegen Finns Nacken, als er seinen Arm um die Taille des anderen Mannes legte.

Finn bedeckte die Hand, die Callan auf seinem Bauch liegen hatte, mit seiner eigenen und versuchte, sie weg zu schieben. „Nein!", sagte er mit belegter Stimme. Er versuchte, die Tür zu öffnen, aber Callan war stärker und sie rührte sich nicht.

Callan drehte Finn herum, so dass sie sich gegenüber standen, und zwang ihn, aufzublicken. „Bitte Finn, ich flehe dich an", flüsterte er, beugte sich vor und strich mit seinem Mund über Finns zitternde Lippen. Sie waren so weich und süß, wie er sie sich immer erträumt hatte, doch er hatte sich auch vorgestellt, Finn würde vor Lust zittern, nicht vor Wut. Ein Schluchzen entkam Finn, als Callan ihn wieder leicht küsste und dann zurückwich.

„Erzähl ihm alles, Callan", sagte Rhys hinter ihm.

Callan fühlte Finn unter seiner Berührung starr werden und er zwang sich, einen tiefen Atemzug zu nehmen. Er konnte dies tun. Er musste dies tun.

„Ich wusste schon in der High School, dass ich Männer bevorzuge, aber ich unternahm nichts deswegen, bis ich am College war." Callan fühlte eine Woge der Erleichterung durch ihn rollen, als Finn seinen Griff etwas lockerte, was darauf hinwies, dass er zumindest bereit war, zuzuhören. Er warf einen Blick über die Schulter und sah, dass Rhys auf der anderen Seite des Eingangsbereichs in der Nähe von dem Flur stand, der zu den Schlafzimmern führte. Es gab genug Licht aus dem Schlafzimmer um Rhys' Ausdruck zu erkennen, als er Callan aufmunternd zunickte. Er spürte, wie Kraft ihn erfüllte, und wandte sich wieder an Finn und schloss seine Hände um die Oberarme des anderen Mannes, wobei seine Daumen kleine Kreise auf Finns warmer Haut malten. Er bemerkte erst jetzt, dass Finn kein Hemd anhatte und nur eine dünne Pyjamahose trug.

„Ich versuchte, herauszufinden, wie ich es meinem Vater sagen sollte, aber schon seit ich ein kleines Kind war hatte ich gesehen und gehört, wie er über homosexuelle Menschen redet und ich wusste einfach, dass er mich nicht akzeptieren würde. Also versteckte ich es. Ich ging mit Frauen aus, hab's sogar geschafft, mit einigen zu schlafen. Ich war einundzwanzig, als ich endlich zum ersten Mal einen Kerl gefickt habe, und danach konnte ich nicht genug kriegen. Also verbrachte ich meine Tage damit, gute Noten zu bekommen und mit hübschen Mädchen zu flirten, und abends fickte ich dann irgendwelche Männer die mir in einem Schwulen-Club außerhalb der Stadt über den Weg liefen. Dann ging ich an den Wochenenden nach Hause und erzählte meinem Vater von all den Frauen, mit denen ich ausging."

Callan fühlte, wie sich eine Wand aus Angst in ihm aufbaute und dann begann seine Atmung, flach zu werden. *Gott, nicht jetzt.* Bevor ihm schwarz vor Augen wurde, sah er, wie Finn ihn besorgt anschaute, und hätte er nicht darum kämpfen müssen, zu atmen, hätte es ihm ein gewisses Maß an Hoffnung gegeben, dass er dieses Problem vielleicht doch noch aus der Welt schaffen könnte.

„Callan." Er hörte, wie ihn jemand ansprach, und dann rieb eine breite Handfläche über seinen Rücken. „Callan, konzentrier' dich nur auf deine Atmung. Ein und aus, ganz langsam." *Rhys.*

Callan schloss die Augen und konzentrierte sich auf Rhys' Stimme, während er die Atemzüge zählte und schließlich, nach mehreren langen, schmerzhaften Sekunden, fühlte er, wie sich seine Lunge zu lockern begann, und der Druck in seiner Brust ließ allmählich nach.

„Cal?"

Callan hätte weinen können, als er hörte, wie Finn ihn bei seinem Spitznamen nannte. Seine Sicht wurde wieder klar und er erkannte, dass er auf den Knien auf dem Boden gelandet war. Finn war noch immer vor ihm, und hatte sich auch auf den Boden sinken gelassen. Rhys war hinter ihm und rieb immer noch mit der Hand Kreise auf seinem Rücken. Gott, er wünschte, es wäre alles vorbei und er könnte den Rest seines Lebens genau hier verbringen – zwischen dem Mann, der Licht in seine dunkle Welt gebracht hatte und dem Mann, von dem er wusste, dass er ihn immer auffangen würde. Er streckte die Hand nach Finns Wange aus und streichelte sie kurz, bevor er sie sinken ließ.

„Ich ging immer wieder in den Club, aber ich war nie sehr wählerisch in Bezug auf die Männer, mit denen ich zusammen war. Ich hatte zu viel Angst, um mich von einem von ihnen ficken zu lassen, also suchte ich mir nur die aus, die bereit waren, der Bottom zu sein. Eines Abends erwischte ich den falschen Mann. Wir gingen in die Gasse hinter dem Club. Seine Freunde warteten dort ...“ Callan spürte, wie sein Atem ins Stocken zu geraten begann, also schloss er seine Augen und streckte seine Hand hinter seinen Rücken, wo er fühlte, wie Rhys sie ergriff und dann drückte.

Finns Finger auf seinem Gesicht veranlassten ihn, die Augen zu öffnen. „Sag’ es mir“, forderte er sanft.

Callan nickte und sagte dann: „Sie waren zu dritt. Sie schlugen und traten mich, bis ich mich nicht mehr wehren konnte, und dann wechselten sie sich ab. Sie hielten meine Handgelenke-“, brachte er hervor, bevor ein Schluchzen ihn überwältigte.

„Es ist okay, Cal, du musst nicht mehr sagen“, sagte Finn, als er nach oben griff und einen Kuss auf Callans Stirn drückte.

„Ich muss es zu Ende erzählen“, sagte Cal.

Finn nickte, dann nahm er Cals freie Hand in seine.

„Ich ging in die Notaufnahme und die riefen die Polizei. Ich sagte ihnen, was passiert war. Sie sagten, sie könnten versuchen, die Typen zu finden, aber dann würde jeder die Wahrheit darüber erfahren, warum ich überhaupt erst dort gewesen war. Sie sagten mir, dass ich mich in Gefahr gebracht hätte, indem ich in den Club gegangen war, und wenn sie Anklage gegen die Männer erheben würden, müsste ich es bezeugen. Sie sagten, sie müssten meinen Vater anrufen, damit er mich abholen kommt", erklärte Callan. „Ich ging, bevor sie was wegen Vergewaltigung unternommen hatten und erzählte meinem Vater, dass ich ausgeraubt worden wäre. Ich war seitdem mit niemandem zusammen. Ich habe Rhys geküsst, bin dann aber in Panik geraten, als er mich berührte", beendete Callan seine Erklärung.

Finn war lange Zeit still, bevor er schließlich sagte: „Es tut mir so leid, dass dir das passiert ist, Cal. Aber ich verstehe nicht, warum du mich belogen hast." Er senkte den Blick. „Vor allem, nachdem dir klar gewesen sein musste, was ich für dich empfinde."

Callan fuhr mit den Fingern durch Finns Haare. „Ich war ein Feigling, Finn. Zuerst dachte ich, du wärst einfach nur in mich verknallt – du warst noch so jung. Ich versuchte, mich an das Bild von dir als Kind zu erinnern, selbst nachdem ich begonnen hatte, dich zu wollen, weil es meine Wahl, eine Lüge zu leben, leichter zu machen schien."

„All diese Jahre habe ich dir blind vertraut", sagte Finn traurig. „Ich bin in dieser Stadt geblieben, ließ mich von den Leuten wie Scheiße behandeln, weil wir Freunde waren, und ich wollte das nicht verlieren. Ich habe so viele Male versucht, wegzugehen, aber du hast mich nicht gehen lassen."

„Ich war egoistisch. Ich dachte, ich könnte dich irgendwie haben und trotzdem noch die Versprechen halten, die ich gegeben habe." Callan seufzte. „Es tut mir leid, Finn." Er wusste, dass sie einen Punkt erreicht hatten, an dem Finn wieder von ihm weggehen würde, also beugte er sich hinunter und küsste ihn. „Ich wünschte, ich könnte der Mann sein, den du verdienst."

Ein letzter Kuss. Er brauchte nur noch einen. Callan zog Finn zu sich nach oben, als er über seine Lippen leckte und flüsterte: „Einmal, Finn. Bitte, ich muss dich nur einmal probieren."

Finn wimmerte, dann öffnete er den Mund und ließ Callan hinein. Verlangen erfüllte ihn, als er Finn schmeckte, und er benutzte seine Zunge, um jede Oberfläche von Finns weichem Mund zu erkunden, bevor er mit seiner Zunge über Finns strich. Es war tausendmal besser als er es sich jemals vorgestellt hatte. Er neigte den Kopf, so dass er tiefer in diesen Mund gelangen konnte, und dann zogen seine Hände Finn gegen seinen Körper. Feste, glatte Haut begrüßte seine Berührung und die Muskeln unter seinen Handflächen spannten sich, als er Finns oberen Rücken packte.

Callan ließ seine Lippen über Finns Hals nach unten wandern, dann drehte er sie beide, so dass sie Rhys gegenüberstanden, der auf den Knien hinter ihm geblieben war. Der andere Mann beobachtete sie mit trauriger Akzeptanz, dann machte er tatsächlich eine Bewegung, um aufzustehen, und Callan wusste sofort, was er dachte. Er packte Rhys' Hand und zog ihn nach unten zurück, dann schlang er seine Hand um Rhys' Nacken und zog ihn für einen langen, innigen Kuss zu sich. Ihre Zungen kollidierten, als der Kuss leidenschaftlicher wurde, und dann richteten sie beide ihre Aufmerksamkeit auf Finn, der sie ehrfurchtsvoll beobachtet hatte. Callan küsste Finns Mund, während Rhys sich langsam der Haut über Finns Schlüsselbein zu widmen begann.

Callan gelang es, sich lange genug von Finn zu lösen, um zu flüstern: „Eine Nacht, Finn. Gib mir nur eine Nacht. Ich habe kein Recht, dich darum zu bitten, aber ich brauche dich. Ich brauche euch beide", sagte er und sein Blick wanderte von Finn zu Rhys.

Lange Sekunden vergingen, während jeder der beiden Männer ihn musterte, dann küsste Finn ihn wieder und sein leises „Ja" war über das Rauschen in seinen Ohren kaum zu hören. Als er sich zurücklehnte, um zuzusehen, wie Finn Rhys küsste, wusste Callan, dass die Erinnerung an das, was als nächstes passieren würde, für den Rest seines Lebens reichen musste, denn wenn der Morgen hereinbrach, würde er wieder allein sein.

Finn zitterte, als Cal ihn auf die Füße zog, und er war nicht sicher, ob es Nervosität war, Verlangen oder Schock. Wahrscheinlich alle drei, dachte er, als Cal ihn wieder küsste. Sein ganzes Leben hatte sich in den letzten fünf Minuten unwiderruflich verändert, und er war wahrscheinlich gerade dabei, alles noch schlimmer zu machen. Er wusste, wenn er Cal jetzt ablehnte, wäre alles vorbei und Cal würde ihn diesmal ohne Widerstand gehen lassen. Das Gefühl, betrogen worden zu sein, brannte in ihm wie Säure, aber das Verlangen, mit Cal und Rhys zusammen zu sein, war noch ein wenig größer. Er war nicht einmal an einem Punkt, wo er Cals Liebesgeständnis verarbeiten konnte, also konzentrierte er sich auf den Moment und sonst nichts.

Cal und Rhys küssten ihn abwechselnd und Finn war nicht sicher, wie er es überhaupt bis zur nächsten Runde schaffen sollte, weil sein Körper bereits kurz davor war, zu explodieren. Und als wäre das noch nicht genug, sah er zu, wie die beiden Männer sich ineinander vertieften, und er musste nach seinem Schwanz greifen. Er hätte erwartet, Eifersucht zu spüren, aber er wollte nur mehr. Mehr von allem.

Cal drehte sich zu ihm und packte plötzlich die Rückseiten seiner Schenkel um ihn anzuheben. Er klammerte sich automatisch an Cal, dann öffnete er den Mund, als Cal begann, ihn wieder zu küssen. Als Cal in Richtung Schlafzimmer losging, hingen Finns Augen an Rhys, der direkt hinter ihnen war und sein T-Shirt auszog. Gott, geschah dies wirklich?

Finn fühlte, wie er nach hinten fiel und mit dem Rücken auf der Matratze aufprallte. Cal war sofort auf ihm und die süßen, langsamen Küsse wurden wild und leidenschaftlich. Licht überflutete den Raum und dann neigte sich die Matratze, als Rhys sich neben ihnen niederließ und Cal rollte sie so herum, dass er und Finn einander gegenüber lagen. Feste Lippen strichen über seinen Rücken und Schultern, dann machten sie sich über seinen Hals her, und ein Arm wurde um seine Hüfte geschlungen. Beide Männer gaben ihm schließlich einen Augenblick Zeit, um wieder zu Atem zu kommen, während Hände und Münder über seinen Körper nach unten wanderten. Dann lag er wieder flach auf dem Rücken und Cal zog ihm seine Pyjamahose aus, während Rhys eine seiner Brustwarzen in den Mund saugte.

Finn zischte bei der Lust, die durch ihn raste, dann wölbte er den Rücken, als Cal die Spitze seines Schwanzes in den Mund nahm. Finn grub seine Finger in Rhys' Rücken, als der Mann weiter über seinen Bauch nach unten küsste und saugte. Eine heiße Zunge tauchte in seinen Bauchnabel, dann wanderte sie noch weiter nach unten. Während Cal ihn tiefer eindringen ließ, fühlte Finn, wie Rhys sich bewegte, und dann gab Cals Mund ihn plötzlich frei. Finn stützte sich auf seine Ellbogen um ihn zu bitten, nicht aufzuhören, aber dann verlor er die Fähigkeit zu sprechen, als er sah, wie Cal und Rhys sich küssten, ihre Münder nur Zentimeter von seinem pochenden Schwanz entfernt. Er wollte nicht, dass sie damit aufhörten, also verharrte er dort und genoss den Anblick der beiden Männer, die darum kämpften, wer die Kontrolle über den Kuss bekam. Rhys gewann schließlich und Finn wusste genau, welches Vergnügen Cal empfinden würde, wenn diese talentierte Zunge seinen Mund eroberte.

Die Show dauerte nur eine Minute, dann trafen zwei Paar Augen auf seine. Bevor er auch nur darüber nachdenken konnte, was als nächstes passieren könnte, wanden sich zwei Zungen um seinen pulsierenden Schaft. Mit einem Mann auf jeder Seite von ihm und Mündern, die ihn gemeinsam bearbeiteten, wusste Finn, dass es um ihn geschehen war. Er sank zurück auf das Bett und schloss die Augen, als das Prickeln in seinem Rücken das Ende signalisierte. Ein Mund schloss sich um seinen Schwanz – er war nicht sicher, wessen Mund es war – und er fühlte eine Zunge, die wieder in seinen Mund tauchte. Er brauchte seine Augen nicht zu öffnen, um zu wissen, dass es Rhys war, der seinen Mund eroberte, denn der einzigartige Geschmack von ihm und Cal würde für immer in sein Gedächtnis eingebrannt sein.

„Ich werde kommen", schaffte er zu sagen, als seine Eier sich fast schmerzhaft fest zusammenzogen.

„Sieh ihm zu, Baby", flüsterte Rhys, als er Finns Schultern nach oben drückte und seinen Oberkörper an sich zog, so dass Finn sehen konnte, was Cal mit ihm machte. „Sieh ihm zu, wie er jeden einzelnen Tropfen schluckt", flüsterte er an Finns Ohr, dann leckte er die empfindliche Haut dort.

Cal bewegte sich langsam über seinen Schaft auf und ab und ließ seine Zunge bei jeder vollendeten Bewegung darum kreisen. Kräftige Finger schlossen sich um seine Eier und massierten sie, während Cal sich lange genug zurückzog, um etwas Speichel auf Finns hochempfindlichen Schwanz tröpfeln zu lassen. Finn war so kurz davor, aber er brauchte diesen letzten Anstoß.

„Bitte, Cal", sagte er heiser und zitterte, als diese fast grauen Augen auf seine trafen. Cal beobachtete ihn einen Moment lang aufmerksam und Finn streckte die Hand aus, um nach Rhys' Hand zu greifen, da er sich an etwas festklammern musste. Dann machte Cal sich wieder über ihn her und saugte kräftig, während sein Kopf auf und ab wippte. Und er löste nie seinen Blick von Finn. Zwei weitere kräftige Bewegungen seiner Hand, dann nahm Cal ihn bis zum Ansatz auf und schluckte.

Finn schrie, als er kam, und er zwang sich, seine Augen offen zu halten, während er beobachtete, wie sein Schwanz tiefer in Cals Mund stieß. Eine schier unendliche Salve nach der anderen schoss aus seinem Körper, aber Cal entging nicht ein einziger Tropfen, und er ließ ihn nicht einmal los, nachdem Finn gegen Rhys' Brust sackte, von dem Orgasmus überwältigt. Cal saugte weiter sanft an ihm, dann leckte er ihn sauber, während Rhys ihn küsste. Dann war Cals Mund wieder auf seinem, aber Finn konnte nicht die Kraft aufbringen, irgendetwas zu tun außer da zu liegen und sich von Cal liebkosen zu lassen. Und dann küssten seine Männer einander noch einmal und ein neuer Funke der Lust begann sich in Finn zu regen, als Cal sich rittlings auf ihn setzte und er dessen Erektion gegen sein Becken drücken fühlte.

Er sah, wie Cals Hand sich um Rhys' Schwanz legte, als der Mann sich weiter vorbeugte, bis ihre Körper von der Taille aufwärts beinahe aufeinander lagen. Finn streckte seine Hand nach unten und legte sie um Cals Schaft, dann beobachtete er zufrieden, wie Cals Augen mit seinen verschmolzen.

Callan schloss seine Augen, als Rhys' Lippen über die Haut an seinem Hals glitten und Finns Hand ihn langsam zu streicheln begann. Der Geschmack von Finn war noch in seinem Mund und er wünschte, er hätte die Ausdauer, ihn mit dem von Rhys zu kombinieren. Aber er wusste, wenn er nicht bald in Finn eindringen konnte, würde er nicht durchhalten. Und diese Nacht musste ihm ein verdammtes Leben lang reichen. Callan streckte seine freie Hand aus, um Rhys für einen weiteren betörenden Kuss an sich zu ziehen, während er weiter mit dem Schwanz des Mannes spielte. Er fühlte, wie Finn sich unter ihm weiter versteifte, ein klares Zeichen dafür, dass der Anblick, als er und Rhys sich küssten, Finn erregte.

Callan vergrub seine Hand in Rhys' Haar und zwang den Mann, ihn loszulassen. Seine Augen begegneten denen des anderen Mannes und er sagte: „Ich will dich in mir", dann blickte er auf Finn herab. „Ich will dich in mir, während ich in ihm bin." Finns Augen weiteten sich und seine Lippen öffneten sich. Die Erektion des jüngeren Mannes war wieder prall und hart.

„Callan", begann Rhys. „Du musst nicht-"

Er küsste Rhys hart, bevor er ihn wieder losließ. „Ich vertraue dir. Euch beiden", sagte er fest, und seine Augen schweiften kurz zu Finn nach unten. „Rhys, ich will das so sehr", sagte er mit erstickter Stimme. Und es war die Wahrheit. Er hatte sein Leben lang auf diesen Moment mit Finn gewartet, aber er würde ihn ohne Zögern aufgeben, wenn Rhys nicht dabei wäre. Callan hatte keine Ahnung, wie der andere Mann ihm so schnell so wichtig geworden war, aber er würde es nicht infrage stellen – jedenfalls nicht heute Nacht. Er gestattete sich diese eine Nacht, in der er das Leben haben konnte, das er wollte. Er küsste Rhys wieder, langsam diesmal, und seufzte, als er das Einverständnis des anderen Mannes spürte.

„Finn, Nachtschränkchen", brachte er zwischen Rhys' sengenden Küssen hervor. Ein Kondom wurde in seine Hand gedrückt und er zwang sich, sich lange genug von Rhys' Lippen zu lösen, um das Latex über die Erektion des Mannes zu streifen. Unsicherheit überkam ihn, als er realisierte, wie dick Rhys war, und ein Anflug von Panik huschte über seinen Rücken. Aber dann streichelten Rhys' Hände seine Brust und legten sich um seinen Rücken. Der Instinkt dieses Mannes, genau zu wissen, wann Callan seine Berührung brauchte, war unheimlich, und die Erinnerung daran, wie sehr er Rhys tatsächlich vertraute, ließ ihn nach dem Gleitgel greifen, das Finn neben sein Knie gelegt hatte.

Callan richtete seine Aufmerksamkeit wieder auf Finn und er beugte sich zu ihm hinunter und strich mit den Fingern über die Lippen des Mannes. „Bist du sicher?", fragte er und betete zu Gott, dass Finn seine Meinung nicht geändert hatte.

Finn nickte, dann zog er Callan für einen Kuss zu sich nach unten. Er fühlte Rhys hinter ihn rutschen und große Hände strichen über seine Seiten und Hüften. Callan gab Finns Mund frei, dann setzte er sich auf und zog Finn auf dem Bett weiter nach unten. Schließlich bog er Finns Beine zurück und verlagerte so seinen Arsch höher, um das hübsche Loch freizulegen, das auf ihn wartete. Er nahm das Gleitmittel, das Rhys ihm reichte, und gab etwas davon auf seine Finger, dann strich er über die flatternde Öffnung. Finn schloss seine Augen bei der Berührung und spannte sich an, als Callan die Spitze seines Fingers in ihn schob. Callan zog den Finger ein wenig zurück, bevor er ihn wieder hineinschob, bis der zweite Knöchel in dem heißen, zuckenden Körper unter ihm verschwunden war. Ein weiterer leichter Widerstand, dann war sein Finger drin, soweit es ging.

„So eng", murmelte er, als er seinen Finger herauszog und ihn dann zusammen mit einem weiteren Finger den ganzen Weg hinein-schob. Finn stöhnte und spreizte die Beine weiter. Callan spürte, dass Rhys ihn beobachtete, dann drückte die Vorderseite des anderen Mannes gegen seinen Rücken, als Rhys seine Arme um Callan legte und zugleich Finns Beine ergriff, um ihn offen zu halten. Callan konnte Rhys' Erektion gegen seinen eigenen Arsch drücken spüren und die Begeisterung darüber, dass er bald mit diesen beiden Männern auf eine Art verbunden sein würde, die ihm niemand jemals wieder nehmen konnte, ließ seine Finger zittern, während er sie in Finns Innerem drehte und spreizte. Bei seinem nächsten Eindringen suchte er die weiche Stelle in Finn, die den Mann Sterne sehen lassen würde, und wurde mit einem lauten Schrei belohnt. „Scheiße! Lieber Gott, was ist das?", schrie Finn voller Lust, als Callan wieder darauf drückte.

„Dein Hotspot, Baby", brachte Rhys mit vor Lust heiserer Stimme hervor.

„Oh Gott, Cal, hör' auf oder ich werde kommen", sagte Finn, als er die Hände über seinen Kopf streckte um nach dem Kopfteil zu greifen.

Callan ließ von seiner Prostata ab und fügte einen dritten Finger hinzu. Finns ganzer Körper war angespannt. „Bist du in Ordnung?", flüsterte Callan, als er seine Finger ruhig hielt. Finn sah zu ihm auf, seine Augen erfüllt von Leidenschaft. Ihm gelang ein Nicken, aber er konnte keine Worte rausbekommen. Callan zog vorsichtig seine Finger aus ihm, dann brachte er seinen Schwanz in Position und begann, in Finns Körper einzudringen. Wimmern kam aus Finns Mund, als Callan sanft zustieß und mit jeder Bewegung ein wenig tiefer ins Innere des engen Kanals eintauchte. Callans Körper stand in Flammen und Schweiß tropfte gnadenlos von seiner Stirn, als er versuchte, die Kontrolle über sich zu behalten.

„Er ist so eng, Rhys", stieß Callan hervor, und schließlich rutschte sein Schwanz den ganzen Weg hinein. „Jesus", sagte er, als Finns Muskeln ihn fest umklammerten. Er sah, wie Finn seine Hand ausstreckte und packte sie schnell, dann hielt er sie fest in dem Wissen, dass der junge Mann von dem Gefühl überwältigt wurde. Callan hielt ihn, als er sich zurückzog und langsam wieder eindrang, während er Finns Körper Zeit ließ, sich auf das Eindringen einzustellen.

Rhys ließ Finns Beine los und strich mit einer Hand über Callans Rücken. „Sprich mit mir, Callan. Sag' mir, ob du das immer noch willst", sagte Rhys, dann strich er mit den Lippen über den oberen Teil von Callans Rücken.

Callan griff nach hinten, packte Rhys' linke Hand und zog sie nach vorne an seine Brust. Er verschränkte ihre Finger und sagte: „Ich will das." Er drehte Rhys' Hand um und drückte einen Kuss auf die Innenseite, dann ließ er ihn los. Rhys' Lippen wanderten noch einmal über seinen Nacken, dann fühlte Callan, wie er sanft nach unten und auf Finn geschoben wurde, so dass sein Schwanz tiefer in den anderen Mann drang.

Finn schlang die Arme um ihn, und sie küssten sich. Kaltes Gleitgel tropfte auf sein Loch und dann waren Rhys' Finger da und erforschten ihn. Der Druck eines Fingers, der in ihn drang, brannte, und Angst flackerte in ihm auf, aber dann zog Finn ihn nach unten und eroberte seinen Mund, reizte ihn mit seiner geschickten Zunge. Er konnte Finns Schwanz zwischen ihren Körpern spüren und die Feuchtigkeit an seinem Bauch. Er wollte Rhys zur Eile antreiben, aber die Worte versiegten hinter seinen Lippen, als ein weiterer Finger in ihn glitt, sanft und tief, und innerhalb von Sekunden kam ein dritter dazu. Er stöhnte, als Rhys seine Prostata massierte, dann fühlte er Finn gegen seine Lippen lächeln, als der realisierte, dass Callan das gleiche unvergleichliche Vergnügen empfand, mit dem er nur wenige Augenblicke zuvor gefoltert worden war.

Rhys' Finger glitten aus ihm und Callan versteifte sich, als er spürte, wie die stumpfe Spitze von Rhys' Schwanz ihn zu dehnen begann. Callan klammerte sich an Finn und stöhnte, während Rhys sich ganz hineinschob und sein Körper Callan weiter in Finn dringen ließ. Der doppelte Druck raubte Callan den Verstand, und er wollte schreien, als die Lust in ihm weiter anstieg, und er erkannte, dass er genau da war, wo er sein sollte.

„Cal", flüsterte Finn. Callan öffnete die Augen und blickte auf Finn herab, der ihn mit Besorgnis beobachtete. Es dauerte einen

Moment, bis er bemerkte, dass Tränen über seine Wangen liefen, und er schaffte ein wässriges Lachen, dann küsste er Finn kurz.

„Es geht mir gut", sagte Callan leise.

Rhys begann, sein Tempo zu erhöhen, und Callan fühlte Finger in seine Hüften drücken, als Rhys' Schwanz immer wieder in ihn stieß. Finn packte seine Oberarme und Callans Schwanz bewegte sich in ihm hin und her, als Callan begann, seine Hüften Rhys' Stößen entgegen zu bewegen. Die kombinierte Stimulation in seinem Arsch und um seinen Schwanz ließ ihn sich hart gegen jeden Mann drücken und er stützte seine Arme zu beiden Seiten von Finn ab, dann richtete er sich auf, während er in dem pulsierenden Körper des Mannes vor und zurück glitt. Rhys passte sich dem Rhythmus an und innerhalb weniger Minuten begann Callans Körper von der Anstrengung zu zittern. Elektrische Funken tanzten entlang seiner Wirbelsäule und Flammen brannten unter seiner Haut. Wohl wissend, dass er kurz davor war, griff er nach unten, legte seine Hand um Finns Schwanz und streichelte ihn gnadenlos. Finn schrie bei der Berührung auf und hob seinen Arsch höher, so dass Callan noch tiefer in ihn dringen konnte.

Er neigte seine Hüften so, dass er Finns Prostata treffen konnte, und er schrie vor Lust, als Rhys bei ihm das Gleiche tat. Haut klatschte gegen Haut, während ihre verschwitzten Körper im Gleichklang arbeiteten und dann erreichte Finn den Höhepunkt und ergoss sich zwischen ihnen, wobei sein Rektum Callans Schwanz fest umklammerte. Er fühlte Rhys' Schwanz in ihm dicker werden und pulsieren, dann schloss sich eine schwere Hand um seine Schulter, als Rhys in ihm abspritzte. Callans eigener Körper gab den Kampf auf und er stieß ein letztes Mal in Finn, dann verharrte er dort, als der Orgasmus seine Nerven überwältigte und ihn mit exquisiter Erleichterung erfüllte. Rhys stieß weiterhin in ihn, als Callan sich auf Finn fallen ließ, und dann fühlte er, wie Rhys' Körper sich an seinen schmiegte.

Finns Lippen eroberten seine, Rhys zog seinen Kopf zu sich, und dann schmolz Callan dahin, schwebte in einen Abgrund der Freude

und des Friedens, nach dem er sich sein ganzes Leben lang gesehnt
hatte. Kurz bevor er seine Augen schloss, schaffte er es, einen letzten
Blick auf Finn zu werfen, und in diesem Moment wusste er, dass es
sein letzter sein würde, da Finn am nächsten Morgen verschwunden
sein würde.

Kapitel Zwölf

Callan ließ das heiße Wasser über seinen Rücken strömen, während er seine Augen schloss und versuchte, die überwältigende Traurigkeit zurück zu drängen, die ihn in dem Augenblick überkommen hatte, als er allein in seinem Bett aufgewacht war. Er hatte nicht mitbekommen, wie Finn und Rhys ihn verließen, was zeigte, wie erschöpft er von den Ereignissen des Abends gewesen war, und er hatte erwartet, dass sie gehen würden, bevor er erwachte, aber die Realität tat dennoch weh. Es hatte sich gut angefühlt, während der Nacht festgehalten zu werden, und bei den wenigen Malen, die er aufgewacht war, hatte Wärme ihn umgeben, da Rhys sich von hinten an ihn drückte und Finn sich entlang seiner Vorderseite ankuschelte.

Callan zwang sich, das Wasser abzustellen und sich abzutrocknen. Heute würde ein Tag wie jeder andere sein. Arbeit, Essen, Schlaf. Er hatte bekommen, was er wollte – die Nacht mit Finn und Rhys, von der er geträumt hatte, und die Gewissheit, dass Finn eine Chance auf die Zukunft haben würde, nach der er sich sehnte. Der jüngere Mann würde sich mit jemandem niederlassen, der freundlich und treu und großzügig wäre, und Rhys würde sich zurück auf den Weg in die große Stadt machen um das Leben wieder aufzubauen, das er vor dem Gefängnis gehabt hatte. Und Callan würde Zäune abreiten und seine Herde vergrößern und den Standards gerecht werden, die man für ihn gesetzt hatte. Alles war, wie es sein sollte.

Es war totaler Schwachsinn und nicht einmal er konnte gut genug lügen, um sich selbst zu täuschen. Callan zog seine Kleider an und ging aus dem Schlafzimmer, dann wurde er langsamer, als er die Stimme seiner Tante hörte.

„Schätzchen, er schlich sich jede Nacht raus in die Scheune um bei seinem Pferd zu schlafen. Seine Mutter hätte fast einen Herzinfarkt bekommen, als er es zum ersten Mal getan hat", sagte sie mit einem herzhaften Lachen. Callan bog um die Ecke und kam zum Stillstand, als er seine Tante an dem kleinen Küchentisch gegenüber von Rhys sitzen sah, volle Tassen Kaffee vor jedem von ihnen.

Smaragdgrüne Augen sahen auf, um seinen zu begegnen, als Rhys einen Schluck trank und diese erstaunlichen Lippen schenkten ihm ein flüchtiges Grinsen, bevor er seine Aufmerksamkeit wieder auf Dolly richtete. Die Mauern, die Callan während der letzten Stunde wieder um sich herum errichtet hatte, stürzten beim Anblick von Rhys ein, und er musste sich tatsächlich mit einer Hand an der Wand abstützen, um sich aufrecht zu halten.

Dolly bemerkte schließlich seine Anwesenheit und drehte sich in ihrem Stuhl um, die Lippen zu einem breiten Lächeln verzogen. „Morgen, Liebling", sagte sie und wandte sich wieder zum Tisch, dann nahm sie einen leeren Becher, der in der Mitte bereitstand, und begann ihn mit Kaffee zu füllen.

„Du bist früh auf, Tante Dolly", bemerkte Callan, als er in die Küche trat.

„Ich habe gestern Abend ein paar Kekse für euch Jungs gebacken und ich wollte sie vorbeibringen, bevor dein Vater aufwacht", sagte sie und schaute auf ihre Uhr. „Und dann fingen Rhys und ich an zu reden ..."

Callan sah, wie Rhys sich subtil versteifte und schnell sagte: „Ich habe Dolly erzählt, wie ich heute früh herkam, um meine Liste mit Aufgaben für den Tag abzuholen und du mich gebeten hast, schon mal den Kaffee aufzustellen, während du dich noch fertig machst", sagte er lahm. Callans Herz zog sich zusammen bei Rhys' Bemühung, ihn mit einem Märchen zu schützen. Gestern hatte Rhys ihn noch gedrängt, zu kämpfen, für sich und Finn einzustehen, doch hier war er nun und versuchte, sich irgendwelche dämlichen Lügen auszudenken, um Callan vor der Sache zu schützen, vor der er schon sein ganzes Leben lang wegrannte.

„Rhys kam nicht vorbei, Tante Dolly. Er hat die Nacht hier verbracht", sagte Callan, dann legte er eine Hand auf Rhys' Schulter, um seiner Tante unmissverständlich klar zu machen, was er meinte. Rhys versteifte sich unter seiner Berührung und beide Männer schwiegen, während Dolly eine Weile brauchte um zu verarbeiten, was er sagte. Da er sowieso gerade alles aufs Spiel setzte, sagte Callan: „Finn übrigens auch."

Dolly studierte ihn, dann sah sie Rhys an. Callan fühlte, wie etwas in seinem Inneren zerriss, als er sich fragte, wie es wohl sein würde, die Frau zu verlieren, die wie eine Mutter für ihn gewesen war, seit seine eigene vor so langer Zeit verstorben war.

„Und wo ist er jetzt?"

Callan sah verwirrt auf Rhys herab, dann wieder zu Dolly. „Wer?"

„Finn, natürlich", antwortete sie gelassen.

Callan fühlte sich, als wäre er unter Wasser und es gelang ihm tatsächlich nicht, irgendwelche Wörter zu bilden.

„Er hatte heute Morgen ein paar Sachen zu tun", warf Rhys ein.

Dolly stand auf und zog Callan zu sich nach unten, um ihm einen Kuss auf die Wange zu drücken. „Nun, ich hoffe, ich habe euch hier heute Morgen nicht zu sehr gestört", sagte sie mit einem herzlichen Lachen, als sie an Callan vorbei ging und ihre Arme um Rhys' Hals schlang. „Und du machst meinem Jungen jetzt ein gutes

Frühstück – Gott weiß, er kann nicht kochen, und wenn sein Leben davon abhängt", schnaubte sie.

„Ja, Ma'am", sagte Rhys und stand doch tatsächlich auf, ging zum Kühlschrank und begann Essen herauszunehmen.

Callan war völlig geschockt und Dolly nahm ihm den Becher aus der Hand, damit er sich nicht mit Kaffee übergoss.

„Bis später dann, Liebling", sagte sie und tätschelte seinen Arm.

„Warte mal, das ist alles?", brachte er hervor.

„Was meinst du denn?", fragte sie unschuldig. Er deutete zwischen sich und Rhys, der wie ein Idiot grinste, hin und her. „Callan, um Gottes willen, denkst du, ich bin gerade aus irgendeinem Maisfeld gekrochen? Diese Stadt mag zwar am Arsch der Welt zurückgeblieben sein, aber ich lebte in den siebziger Jahren in San Francisco. Der nette junge Mann, der in der Wohnung unter meiner lebte, lieh sich meine Kleider aus und brachte mir bei, mich zu schminken", sagte Dolly entnervt.

„Ich glaube nicht, dass Callan sich deine Kleider leihen möchte, Dolly", sagte Rhys hinter ihm. Dolly lachte herzhaft.

„Ich werde euch Jungs eine Lasagne zum Abendessen machen. Wie klingt das?", fragte sie, als sie zur Tür ging.

„Hört sich gut an", sagte Callan mit einem Lächeln. Er drehte sich um und sah, wie Rhys ihn mit einem sanften Lächeln beobachtete, dann konzentrierte der Mann sich wieder auf das Essen, das er gerade zubereitete.

Was zum Teufel war da eben passiert?

Rhys wollte gerade ein Ei aufschlagen, als Hände auf seine Taille gelegt wurden und ihn umdrehten. Callan presste seine Lippen auf die seinen und dann drang seine Zunge tief in Rhys' Mund. Callan schob ihn gegen den Kühlschrank und Rhys gelang es gerade noch, den Brenner zu erreichen und den Herd abzustellen, bevor Callan ihm sein Hemd auszog. Callans Handflächen strichen über Rhys'

Brust nach unten und dann über seinen Rücken, bevor sie auf seinem Arsch landeten.

Dass Callan den ersten Schritt machen würde war das Letzte, was Rhys erwartet hatte, aber er hatte nicht vor, dagegen zu protestieren. Es war ihm schwergefallen, die richtige Sicht auf die Dinge wiederzuerlangen nach der überaus heißen Nacht, die er mit den beiden anderen Männern verbracht hatte, vor allem, nachdem Finn beim Aufwachen nicht mehr dagewesen war. Callan hatte so erschöpft ausgesehen, dass Rhys ihn schlafen gelassen hatte und aus dem Haus gegangen war, um sich umzuziehen. Aber der Gedanke, dass Callan nach allem, was geschehen war, allein aufwachen würde, schien falsch, also war er zurückgekehrt.

Er war eben fertig geworden mit Kaffee kochen, als es an der Tür geklopft hatte, und da er davon ausgegangen war, dass es Finn wäre, war er gar nicht auf die Idee gekommen, nicht aufzumachen. Dann hatte er Dolly dort stehen gesehen, eindeutig überrascht von seiner Anwesenheit und er hatte Callans Geheimnis bewahren müssen, also war ihm die Lüge leicht über die Lippen gegangen. Ein nettes Gespräch mit Dolly über Callans Eskapaden als Jugendlicher war gefolgt, dann hatte Callan plötzlich dagestanden und war damit herausplatzt, dass er die Nacht nicht nur mit einem Mann verbracht hatte, sondern mit zweien.

„Ich will dich", sagte Callan gegen seine Lippen und dann küsste er Rhys' Hals, während seine Finger sich an dem Knopf und Reißverschluss seiner Jeans zu schaffen machten.

Rhys wollte Callan unbedingt fragen, ob er genug für ihn war - ob sie etwas ohne Finn haben könnten, aber seine Unsicherheit ließ ihn stattdessen mit dem Kopf nicken. Eine Hand verschwand in seiner Hose und dann wurde er von einem festen Griff umschlossen, als Callans Mund zu seinem zurückkehrte. Er stieß in Callans Faust, dann sah er hungrig zu, wie Callan seine freie Hand benutzte, um seine Hose nach unten zu schieben und dann auf die Knie fiel. Feuchte Hitze umgab ihn, als Callan ihn tief hineinsaugte. Rhys packte seine Haare und rammte sich tiefer in seine Kehle, dann stöhnte er, als Callan seinen Kiefer entspannte und ihn so weit eindringen ließ, wie er konnte. Finger gruben sich in seinen Arsch, während Rhys Callans Mund immer und immer wieder fickte.

„Verdammt", stöhnte Rhys. Seine Stöße wurden langsamer und er genoss einfach den Anblick, wie sein Schwanz mühelos in Callans willigen Mund hinein und wieder herausglitt. Callan gewährte ihm noch ein paar Sekunden quälender Lust, dann stand der Mann auf, packte Rhys und schob ihn mit dem Gesicht nach unten auf den Küchentisch. Rhys schob die paar Gegenstände, die dort standen, zur Seite und wappnete sich dann, als Callan sich über ihn beugte und seine Vorderseite mit Rhys' Rücken verschmolz. Harte Muskeln glitten über harte Muskeln und dann wanderte diese Zunge über seinen Rücken nach unten. Bevor ihm richtig klar war, was geschah, hatte Callan ihn gespreizt und sein Mund schloss sich über Rhys' Loch und saugte.

Rhys klammerte sich an beiden Seiten des Tisches fest und ließ seine Stirn gegen das kalte Holz sinken, als Callan ihn leckte und beknabberte. Das hatte noch nie zuvor jemand mit ihm getan, und er hatte es mit seinen bisherigen Partnern nicht einmal in Betracht gezogen. Aber er wusste, dass er, sobald er die Chance bekam, sich bei Callan revanchieren würde. Und Finn. Ein kurzer Anflug von Bedauern regte sich bei dem Gedanken an den jungen Mann, aber dann drückte Callan seine Zunge in ihn und alles außer den Empfindungen verlor seine Bedeutung.

„Callan, bitte", flehte er, als sein Körper zu brennen und zucken begann. Sein Schwanz schmerzte, aber er konnte ihn in dieser Position unmöglich erreichen.

„Was willst du, Rhys?", flüsterte Callan gegen sein Loch und der zarte Atemstoß strich über die gefolterte Haut.

„Ich will, dass du mich fickst", stöhnte Rhys, während er versuchte, sich gegen Callans Gesicht nach hinten zu drücken.

Callan kam wieder auf seine Füße, dann beugte er sich über Rhys und zwang seinen Kopf für einen sengenden Kuss nach hinten. Er ließ Rhys los und für einen panikerfüllten Moment dachte Rhys, dass er aufhören würde, da Callan von ihm weg trat. Aber dann war Callan zurück und er fühlte etwas Flutschiges über sein Loch streichen. Pflanzenöl. Er hatte es herausgenommen, um damit die Eier zu braten.

Callan drückte einen glitschigen Finger in Rhys um das Öl tief in ihm zu verteilen. Er hatte nur ein paar Sekunden Zeit, bevor sich ein weiterer Finger zu dem ersten gesellte.

„Ich kann nicht mehr warten", sagte Callan und zog seine Finger. Rhys hatte nicht einmal die Gelegenheit, ihm zu sagen, dass es okay war, bevor Callan begann, seinen dicken Schwanz in ihn zu schieben. Der Druck und das Brennen waren intensiv, aber Rhys wollte mehr und er stützte sich auf seine Ellbogen, damit er Callan bei seinen Bemühungen, vorsichtig einzudringen, helfen konnte.

„Oh Gott", Callan stöhnte, dann zog er sich zurück und stieß wieder hinein. „Es ist so gut, Rhys", sagte er, als er mit langen Stößen in Rhys hinein und wieder aus ihm heraus zu gleiten begann. Finger klammerten sich um Rhys' Schultern und hielten ihn fest, während Callan sein Tempo beschleunigte.

Plötzlich kam Callan zum Stillstand und Rhys schrie ihn fast an, nicht aufzuhören.

„Scheiße, ich habe das Kondom vergessen", sagte er, dann zog er seinen Schwanz ganz heraus. „Rhys, es tut mir so leid", sagte er.

„Callan, nicht aufhören, bitte! Ich bin sauber. Ich schwöre es", hörte Rhys sich sagen, und er erkannte kaum den bettelnden Ton, der über seine Lippen kam. Es würde nur eine Minute dauern, bis Callan ein Kondom geholt hätte, aber Rhys wollte nichts zwischen ihnen.

„Ich brauche dich ganz", flüsterte Rhys als abschließendes Argument, dann ließ er seine Stirn auf den Tisch fallen, überwältigt von Lust und Verwundbarkeit.

Callan war so lange still, dass Rhys sich tatsächlich zu bewegen begann. Aber dann drückte eine kräftige Hand ihn wieder nach unten drücken und Callan stieß in ihn, eindeutig am Ende seiner Beherrschung angelangt. Es gab kein Latex zwischen ihnen, also spürte Rhys jede Berührung an seinen inneren Wänden. Jedes Mal, wenn Callan in ihn stieß, rutschte der Tisch weiter nach vorne, bis er schließlich gegen die Wand knallte und stehenblieb, so dass Callan sich endlich immer und immer wieder in Rhys rammen konnte.

Rhys spürte, wie seine Schultern nach unten gedrückt wurden, da Callan praktisch auf ihn kletterte, um ihn noch härter zu ficken. Eine Veränderung in der Neigung von Callans Hüften ließ ihn Rhys' Prostata reiben und alles wurde hell und dunkel zugleich. Rhys hörte sich zu Callan sagen, dass er es härter brauchte, obwohl die Stimme nicht wie seine eigene klang. Sein Schwanz war schmerzhaft gegen den Tisch gepresst, aber Rhys war es egal, weil Callans Bewegungen ihm genug Reibung gaben und seine Eier sich bereits zusammenzogen. Eine immer größere Spannung baute sich in Rhys auf, bis sie plötzlich wie ein Gummiband riss und er schrie, als sein Sperma unter ihm herausquoll, glitschig und heiß. Callan schrie in sein Ohr, stieß ein letztes Mal zu und dann flutete warme Flüssigkeit Rhys' Inneres und Callan biss ihm in den Nacken, während Schauder seinen Körper durchliefen.

Es vergingen einige Minuten, in denen sie beide versuchten, wieder zu Atem zu kommen, und Callans Schwanz erschlaffte in ihm, dann zog ihn der andere Mann heraus. Rhys konnte nur daliegen und fühlte, wie das Sperma aus seinem Körper sickerte, und er fragte sich, ob Callan den Anblick genoss oder ihn widerlich fand. Er fühlte plötzlich Finger in ihn eindringen und dann lehnte Callan sich über ihn und flüsterte: „Ich wünschte, ich hätte einen Plug, damit du mich für den Rest des Tages in dir fühlen könntest."

Rhys bebte bei den schmutzigen Worten und er hob den Kopf für den Kuss, den Callan ihm, wie er wusste, geben würde. Die Finger glitten aus ihm und Callan zog seinen kraftlosen Körper auf die Füße. Rhys protestierte nicht, als Callan ihn unter die Dusche zerrte und ihn von Kopf bis Fuß wusch, und er hatte nichts zu sagen, als Callan ihn anschließend wieder voll bekleidet an den Tisch setzte, und dann das Frühstück fertig machte. Das Thema, das Callan so mühelos geschafft hatte, mit Sex zu umgehen, war wieder da.

„Er ist weg", sagte Rhys schließlich mit einem Seufzer.

„Ja, so ist's richtig", sagte Dane, als Finn den letzten Klebestreifen festdrückte. Er hob Emma hoch und lächelte, als die Windel nicht herunterfiel. Finn ließ sich in einem der Küchenstühle nieder und schmiegte das leise gurgelnde Baby an seine Brust. Ihre klaren Augen sahen verwundert zu ihm auf und sobald er ihr einen seiner Finger hinstreckte, packte sie ihn.

„Hier", sagte Dane und reichte ihm eine Flasche. Emma begann beim Anblick ihrer Milch in seinen Armen zu zappeln und öffnete sofort den Mund, als Finn sie gegen ihre winzigen Lippen drückte. Dane schob einen Stapel Pfannkuchen vor Finn, dann setzte er sich neben ihn.

„Hier, ich kann sie nehmen", bot Dane an.

Finn hielt das Kind tatsächlich aus seiner Reichweite, dann fühlte er, wie Verlegenheit seine Wangen rot färbte, als er erkannte, was er getan hatte. „Nein, es macht mir nichts aus", stammelte er.

Dane lächelte verständnisvoll und begann, sich über sein eigenes Frühstück herzumachen.

„Danke, dass ich schon so früh bei euch reinplatzen durfte", sagte Finn, als er mit einer Hand sein Essen in den Mund gabelte, während er seine Wange nutzte, um die Flasche in Position zu halten.

„Acht Uhr ist für uns nicht früh", sagte Dane mit einem leisen Lachen. Der Mann nahm ein paar Bissen, dann tat er schließlich, was Finn erwartet hatte, und sagte: „Willst du mir erzählen, was passiert ist?"

Das wollte er nicht. Er wollte es wirklich nicht. Es war früh gewesen, als er in Cals Armen aufgewacht war. Sie hatten einander gegenüber gelegen und Finn hatte sich ein paar kostbare Momente gestattet, um den Mann zu studieren, während der friedlich schlief. Er hatte so viel jünger und entspannter gewirkt als Finn ihn je gesehen hatte, und die Liebe, die er für Cal empfand, hatte sich zu neuen Höhen aufgeschwungen bei der Erinnerung daran, wie es sich anfühlte, Cal in seinem Körper zu haben und zu wissen, dass sein durchdringender Blick keine seiner Emotionen zurückhielt. Wenn Zweifel daran bestanden hätten, dass Cal die Wahrheit gesagt hatte, als er Rhys seine Liebe zu Finn gestanden hatte, wären sie in dem Augenblick ausgelöscht gewesen, als Cal in ihn eingedrungen war. Aber beim Aufwachen war der Verrat ein kalter Bettgenosse gewesen und selbst die Wärme, die Cals Körper abgestrahlt hatte, war dagegen nicht angekommen. Und er hatte noch nicht einmal begonnen, den Faktor Rhys zu betrachten.

Seine Wut auf Cal war noch verstärkt worden von dem Wissen, dass Rhys ihn auch belogen hatte. Das hatte er nicht erwartet, da Rhys vom ersten Tag an offen zu ihm gewesen war. Seine rationale Seite wusste, dass Rhys versucht hatte, Cal zu schützen, aber das machte die Enttäuschung darüber nicht geringer. Und bei der Erkenntnis, dass Rhys sein Wissen über Cals Gefühle für ihn benutzt hatte, um zu beeinflussen, wer in ihrer ersten gemeinsamen Liebesnacht welche Position einnahm, fühlte Finn sich benutzt. Ja, er hatte jede Sekunde genossen, die er tief in Rhys gewesen war, aber was, wenn diese Erinnerung für immer von dem Wissen verdorben werden würde, das Rhys Einfluss auf den Lauf der Dinge genommen hatte?

Finn realisierte, dass Dane immer noch auf eine Antwort wartete. Er kannte den Mann nicht sehr gut, aber sein Instinkt sagte ihm, dass er ihm vertrauen konnte. Doch so wütend er auch auf Cal war, es stand Finn nicht zu, das Geheimnis zu verraten, das Cal so lange gehütet hatte – das musste der Mann schon selbst tun. Er ignorierte die Stimme in seinem Kopf, die ihn daran erinnerte, dass dies auch der Grund war, aus dem Rhys ihm nicht die Wahrheit gesagt hatte.

„Es gibt für mich keine Zukunft auf der Ranch", sagte er einfach.

Dane studierte ihn für einen Moment, dann nickte er verstehend. „Was sind deine Pläne?", fragte er.

Schmerz machte sich in Finns Brust breit bei der Erkenntnis, dass die Zukunft, nach der er sich gesehnt hatte, zum Greifen nah war, aber er fürchtete sich vor diesem letzten Schritt. „Ähm, es gibt da eine Ranch ein paar Orte weiter, die Leute einstellt. Dachte mir, ich würde sie mir mal ansehen", brachte er hervor, dann sah er wieder nach unten zu Emma, die begann, einzunicken, als die Flasche leerer wurde.

„Nun, wenn du etwas Zeit hast, ich könnte hier gut noch eine Hand gebrauchen", sagte Dane, als er das letzte Stück seiner Pfannkuchen verputzte und dann nach dem Baby griff.

Finn überreichte sie widerstrebend, dann versuchte er, das Essen in seinen Mund zu zwingen. Er vermutete, dass Dane ihn locken wollte. „Womit brauchst du denn Hilfe?", fragte er.

„Der Typ, der meine Scheune abreißen und eine neue bauen sollte, hat mich hängenlassen. Sagte, er hätte zu viele andere Jobs am Hals."

Finn erstarrte daraufhin und legte seine Gabel hin. „Jemand von hier?", fragte er bei der Erinnerung daran, wie Dane in der Stadt inbrünstig für ihn eingestanden war.

Dane lehnte sich in seinem Stuhl zurück und begann, das Baby ein Bäuerchen machen zu lassen. „Guck mich gar nicht erst so an, Finn. Wenn du auch nur daran denkst, dir die Schuld für diesen Mist zu geben, werde ich dieses Baby weglegen und dir so kräftig in den Arsch treten, dass du im nächsten County landest", sagte er fest. „Denkst du wirklich, ich will meinen Auftrag einem Mann geben, der denkt, er wüsste, wie ich mein Leben führen sollte?"

Finn hatte es so nie betrachtet. Er war immer nur auf der Empfängerseite gewesen und man hatte ihm Dienste verweigert, also hatte er es nicht anders herum gesehen.

„Ich weiß nicht, wie man eine Scheune baut", sagte Finn schließlich.

„Nun, zum Glück weiß ich es. Ich habe im Baugewerbe gearbeitet, um mir das Tierarzt-Studium zu finanzieren, also denke ich, dass wir beide zusammen es hinbekommen können. Sobald ich jemanden gefunden habe, der ein Auge auf dieses kleine Mädchen hier hält", sagte Dane und hielt das Baby für einen Kuss an sein Gesicht, „können wir loslegen. Ich habe noch ein Zimmer übrig, falls du eine Bleibe brauchst“, bot er beiläufig an.

Finns Kehle weigerte sich, zu kooperieren, aber ihm gelang ein Nicken, dann versuchte er es nochmal mit dem Essen.

Kapitel Dreizehn

Callan stieg vom Pferd und führte das Tier in den Stall, wo er begann, ihm das Zaumzeug abzustreifen. Er hörte ein Auto in der Einfahrt und sein Herz blieb stehen. Er eilte zur Tür, entgegen aller Hoffnung darauf hoffend, dass er einen blonden Kopf auf dem Beifahrersitz sehen würde, wenn wer auch immer Finn nach Hause brachte, wo er hingehörte. Er hatte gewusst, dass Finn heute Morgen verschwunden sein würde, aber Rhys es bestätigen zu hören war schwer gewesen. Alles, was Finn hatte tragen können, hatte er mitgenommen, aber er hatte die schwereren Sachen dagelassen, da er offensichtlich zu Fuß weggegangen war. Zu sehen, dass Finn nicht einmal West mitgenommen hatte, war ein weiterer Schlag für Callan gewesen. Er hatte vor zwei Jahren monatelang nach dem perfekten Pferd für Finn gesucht und dass Finn das Tier jetzt zurückgelassen hatte, war ein deutliches Zeichen, dass Finn keine Erinnerungen an den Mann wollte, der ihn betrogen hatte.

Das Auto, das vor der Scheune anhielt, war eine kleine, einfache Limousine und Callan erkannte die junge Frau erst, als sie aus dem Auto stieg.

„Wendy", sagte er überrascht, als die Tierarzthelferin aus Dr. Sanders Praxis auf den Stall zu kam und mit den Händen nervös über ihre Schenkel rieb.

„Hallo, Mr. Bale." Sie nickte ihm zu, dann jemandem hinter ihm. Ein kurzer Blick über die Schulter zeigte ihm, dass Rhys erschienen war, um ihn zu decken, falls ihr Besucher sich als eine Bedrohung erweisen sollte.

„Ich heiße Callan", sagte er. „Das ist Rhys."

„Hallo", sagte sie schüchtern zu Rhys, dann richtete sie ihre Aufmerksamkeit wieder auf Callan. Sie war ein hübsches Ding, zierlich mit langen braunen Haaren und braunen Augen. Er vermutete, dass sie etwa in Finns Alter war.

„Was kann ich für Sie tun?", fragte er und hasste es, dass er bei ihrem Auftauchen sofort misstrauisch wurde.

Die arme Wendy sah aus, als würde sie in Tränen ausbrechen, und Callan sah Rhys über seine Schulter hinweg hilfesuchend an. Frauen und Tränen waren nicht sein Ding. Und so, wie Rhys den Kopf schüttelte, vermutete er, dass es auch nicht seins war.

„Ich schulde Ihnen eine Entschuldigung dafür, wie ich mich neulich in der Praxis benommen habe", sagte sie, als sie versuchte, ihre Tränen zurück zu halten. „Ich bin Tierarzthelferin geworden, damit ich Tieren helfen kann, und dieses Kalb brauchte mich ..." Wendy wischte mit dem Arm über ihr Gesicht. „Ich war ein Feigling. Ich wollte meinen Job nicht verlieren", sagte sie traurig.

Callan hatte Mitleid mit ihr. „Wendy ..."

Aber Wendy redete weiter, als ob er sie nicht unterbrochen hätte. „Wenn ich es noch einmal tun könnte, dann würde ich es", sagte sie leidenschaftlich. „Es tut mir leid", flüsterte sie.

„Es ist okay", sagte er. „Das Kalb hat es geschafft." Ein Ausdruck der Erleichterung glitt über ihr Gesicht, aber dann schüttelte sie den Kopf.

„Ich habe gekündigt, gleich nachdem Sie gegangen waren. Ich bekam einen Job bei der Reinigung, bis ich genug Geld sparen kann, um nach Missoula zu ziehen", sagte sie hastig. „Finn und ich gingen zusammen auf die High School – er war immer wirklich nett zu mir. Ich weiß, dass das, was Hunter über ihn sagte, eine Lüge war", sagte sie mit erstickter Stimme. „Ich habe versucht, Doc Sanders und Anita das zu erklären, als Finn anrief und Hilfe für das Kalb suchte. Sie sagten einige schreckliche Sachen über ihn. Ich hätte mich für ihn stark machen sollen", sagte sie, dann fing sie heftig an zu weinen.

Callan zog sie in seine Arme und streichelte ihren Rücken, während er ihre Tränen durch sein Hemd sickern fühlte. Sie beruhigte sich schließlich, lehnte sich dann von ihm weg und lachte verlegen. „Tut mir leid", sagte sie, als sie die nasse Stelle entdeckte, die sie hinterlassen hatte. Ein unerklärliches Gefühl überkam Callan und er fühlte, wie er weicher wurde.

„Es ist okay", sagte er, als sie zurücktrat. „Finn ist gar nicht hier."

„Ich weiß, ich habe ihn auf dem Weg hierher gesehen. Er half Dr. Winters mit seinem Stall - beim Abreißen, nehme ich an."

Callan warf einen Blick über seine Schulter auf Rhys, der sich bei der Nachricht versteift hatte, dass Finn gar nicht so weit weggegangen war, wie sie angenommen hatten.

„Ich blieb stehen und sprach mit ihm. Sagte ihm, wie leid mir das alles tut", sagte sie, als neue Tränen aufzusteigen drohten. Callan hatte noch nicht einmal ein verdammtes Taschentuch für sie. Wendy löste das Problem, indem sie ihr Gesicht mit dem Ärmel abwischte. „Er sagte, es gäbe nichts zu verzeihen."

Das klang genau wie etwas, das Finn sagen würde.

„Wenn Finn das sagte, dann muss es wahr sein", sagte Callan.

Wendy lachte wieder, dann begann sie, wieder zu ihrem Auto zu gehen. Sie zögerte, bevor sie sich umdrehte.

„Mr. Bale—"

„Callan", erinnerte er sie sanft.

„Callan, ich frage mich, ob Sie mir vielleicht mit etwas helfen könnten. Ich meine, ich weiß, dass ich es wirklich nicht verdient habe ..."

„Natürlich, Wendy. Worum geht es denn?"

„Ich arbeite freiwillig bei einem Verein, der Pferde rettet, und wir haben vor ein paar Wochen ein Pferd aufgenommen, das ziemlich schlecht behandelt wurde. Niemand ist in der Lage gewesen, mit ihm zu arbeiten, und es ist die Rede davon, dass er eingeschläfert werden muss", erklärte sie. „Mein Vater hat mir immer gesagt, Sie hätten eine besondere Gabe mit Pferden und meine beste Freundin Amy sagte, dass Sie bei ihrem Pferd Wunder bewirkt haben, bevor ihre Eltern sie gezwungen haben, ihn woanders unterzubringen ..." Wendys Stimme brach plötzlich ab, als sie erkannte, was sie sagte. Amys Eltern waren nach Hunters Anschuldigungen mit die ersten gewesen, die ihre Pensionspferde weggeholt hatten.

„Die Antwort ist ja. Ich werde einen Blick auf ihn werfen", sagte er.

Wendy lächelte breit und warf sich plötzlich in seine Arme. „Danke, Mr. Bale. Er ist ein ganz unglaubliches Pferd, und ich weiß, dass Sie in der Lage sein werden, ihm zu helfen", sagte sie schnell. „Wir können ihn morgen herbringen, wenn das für Sie in Ordnung ist", sagte sie hoffnungsvoll.

Er nickte, bekam eine weitere Umarmung für seine Bemühungen, dann winkte Wendy und fuhr los, wobei sie eine Staubwolke hinter sich zurückließ.

Arme schlossen sich von hinten um ihn und ein leichter Kuss wurde auf seinen Hals gedrückt. Diese Annäherung hätte ihn veranlassen sollen sich überall umzusehen, ob sie beobachtet wurden, aber stattdessen drehte er sich in Rhys' Armen und küsste ihn.

„Du bist so ein guter Mann, Callan Bale", sagte Rhys gegen seine Lippen, dann küsste er ihn sanft. Starke Arme wurden um seinen Hals geschlungen, als Rhys ihn umarmte und flüsterte: „Ich will hinfahren und ihn nach Hause bringen." Seine Stimme war verletzlich, zittrig.

„Ich auch", hörte Callan sich eingestehen. Und es war die Wahrheit. Er hatte nicht einmal realisiert, wann sich die Dinge verändert hatten, und er hatte beschlossen, dass er versuchen würde, ein Leben mit Finn und Rhys in einer Stadt aufzubauen, die sie nicht haben wollte. Ganz zu schweigen von dem Vater, der ihnen seine ungefilterten, grausamen Worte entgegenschleudern würde, während seine Krankheit weiter voranschritt.

Rhys ließ ihn los und trat einen Schritt zurück, dann schlurfte er vor ihn, so wie Finn es immer tat, wenn er etwas zu verbergen hatte. „Was?", fragte Callan.

„Frank rief an. Ich muss heute Nachmittag zur örtlichen Polizeidienststelle gehen für einen unangekündigten Drogentest. Es ist ein Teil der Routine", sagte er leise und die Scham war deutlich in seiner Stimme zu hören.

„Tu das nicht, verdammt", fuhr Callan ihn an, als er Rhys' Arme packte. „Benimm dich nicht, als müsstest du dich wegen etwas schämen", schrie er fast.

Rhys befreite sich von ihm und Callan fühlte auch seinen emotionalen Rückzug. Es war, als hätte man ihm in die Rippen getreten.

„Rhys—", begann er.

„Kannst du mich zur Polizeistation fahren?", murmelte Rhys.

Callan wusste, dass dies ein Kampf war, den er nicht gewinnen würde, also nickte er und sagte: „Lass mich mein Pferd versorgen und dann können wir fahren."

Rhys konnte nicht glauben, dass er vergessen hatte, warum er hier war. Weniger als zwei Wochen in der Mitte von Nirgendwo auf einer heruntergekommenen Ranch, die von Staub und Pferdescheiße umgeben war, und schon träumte er davon, morgens mit Finn und Callan an ihn gekuschelt aufzuwachen, nachdem sie die Nächte mit endlosem Ficken verbracht hatten. Nicht ein einziges Mal hatte er an die zahlreichen Pläne gedacht, die er gemacht hatte, um Rache an dem ehemaligen Geliebten zu nehmen, der sein Leben zerstört und das von vier anderen Menschen beendet hatte. Nein, er hatte sich von einer Traumwelt einlullen lassen, die genau das war - ein verdammter Traum.

Finn war verschwunden, Callan würde nie wirklich frei genug sein, um sich zu outen, und Rhys wollte mit absoluter Sicherheit für keinen der beiden Männer die zweite Wahl sein. Sicher, Callan hatte es genossen, ihm heute Morgen die Seele aus dem Leib zu ficken, aber das war auch schon alles. Rhys sollte besser wissen als jeder andere, dass ein guter, harter Fick nichts weiter war als eben das. Es war keine Lizenz, alles aufzugeben, für das er in den letzten zwei Jahren gekämpft hatte.

„Hör auf!", fuhr Callan ihn vom Fahrersitz aus an.

„Hör auf mit was?", murmelte Rhys.

„Hör auf, in Frage zu stellen, ob das, was wir haben, echt ist oder nicht", sagte Callan, als er den Wagen auf die Hauptstraße lenkte.

„Was haben wir denn?", zwang Rhys sich mit einem Lachen zu sagen. „Was wir haben, ist, dass du gut im Schwanzlutschen bist und ich einen schönen großen Schwanz in meinem Arsch mag", stieß er hervor.

„Wer ist jetzt der Lügner?", sagte Callan kalt.

Gott, er konnte das nicht ertragen. Rhys gelang es, äußerlich gelassen zu bleiben, aber er spürte, wie sein Magen sich zusammenzog, als der Abstand zwischen ihm und Callan wuchs. „Ich werde Frank anrufen und ihn bitten, etwas anderes für mich zu finden." Rhys' Herz brach, als Callan nicht reagierte und sie den Rest der Fahrt schweigend verbrachten.

Callan blieb vor der Polizeistation stehen, dann stieg er aus dem Truck. „Du brauchst nicht mit mir zu kommen", sagte Rhys, aber Callan schlug die Tür zu und stolzierte zum Eingang. Offenbar hatte Callan entschieden, seine totale Demütigung zu genießen, dachte Rhys sich, als er aus dem Wagen stieg und Callan in die Station folgte. *Verfickt perfekt.*

Callan schäumte vor Wut, als er darauf wartete, dass Rhys ihm folgte. Er hatte keinen Zweifel daran, dass Rhys seine Verlegenheit über seinen Status als Ex-Häftling sein Denken beeinträchtigen ließ, aber es machte ihn dennoch sauer, als nur ein weiterer guter Fick bezeichnet zu werden.

Rhys drängte sich an ihm vorbei und trat an einen Tisch, wo ein junger Deputy saß, dessen pickeliges Gesicht und schiefe Zähne zu einem höhnischen Grinsen verzogen wurden, als Rhys ihm gesagt hatte, warum er dort war.

„Deputy Rollins, er ist hier", rief der Mann und seine kleinen Schweinsaugen blieben auf Rhys gerichtet. Der stand dort, den Rücken gerade und hoch aufgerichtet, während der Junge versuchte, ihn von oben herab zu behandeln. Aber Callan entging nicht das leichte Zittern, das durch Rhys' Körper lief, als ein zweiter Deputy erschien.

„Guten Tag, Mr. Tellar, was führt Sie heute hierher?", fragte Deputy Rollins, obwohl er es eindeutig wusste.

„Ein unangekündigter Drogentest", murmelte Rhys und schaute kurz zurück zu Callan.

„Das ist richtig", sagte Rollins, während er vorgab, einige Papiere zu durchsuchen. „Ich habe gehört, Sie und Mr. Henry hätten neulich einen kleinen Streit gehabt. Er sagte, Sie hätten ihm gedroht", fügte er beiläufig hinzu.

„Geht's jetzt mal weiter, Rollins?", sagte Callan von seinem Platz in der Nähe der Tür aus. Offenbar hatte der beste Mann von Dare nicht einmal bemerkt, dass Callan da war, denn er blickte überrascht auf. Der Mann sabberte praktisch in seinem Eifer, Rhys zu provozieren.

„Mr. Bale, wie geht es Ihnen heute? Ich hab' gehört, Sie hatten letzte Woche ein paar Probleme mit einem zerschnittenen Zaun auf der Südweide."

„Das ist interessant, dass Sie das sagen, Deputy. Ich erinnere mich nicht daran, jemandem davon erzählt zu haben, dass mein Zaun zerschnitten wurde."

Der Deputy versteifte sich und der jüngere Mann wurde blass. „Doc Sanders erwähnte es", sagte der jüngere Deputy.

Callan trat neben Rhys an den Schreibtisch und sagte leise: „Alles, was wir Doc Sanders sagten, war, dass unser Kalb verletzt wurde. Wir sagten ihm nicht, wie es passiert ist, und er hat ihn nicht untersucht."

Rollins richtete sich zu voller Größe auf und sagte: „Der andere Tierarzt sagte etwas davon während seiner kleinen Coming Out-Party im Baumarkt." Der Deputy schien seltsam stolz auf sich zu sein.

„Dr. Winters hat nicht gesagt, dass es sich bei dem Vandalismus um die Südweide gehandelt hat", betonte Rhys.

Beide Polizisten sahen einander an, dann verschränkte Rollins die Arme und sagte: „Folgen Sie mir, Mr. Tellar."

Rhys machte eine Bewegung um zu tun, was der Deputy verlangte, aber Callan packte ihn am Arm und sagte: „Nein."

Rollins sah geradezu begeistert aus und sagte: „Mr. Tellar, Nichterfüllung bedeutet den sofortigen Widerruf Ihrer Bewährung."

„Er wird den Test machen. Aber nicht hier. Dr. Meyers Praxis ist nur ein Stück die Straße hinunter."

„Das entspricht nicht den Vorgaben, Mr. Bale", sagte Rollins und zog seine Handschellen hervor. Callan trat vor Rhys.

„Fassen Sie ihn an und ich werde Sie zu Boden schleudern wie das Stück Scheiße, das Sie sind", warnte Callan.

„Rollins, was ist hier los?", kam eine Stimme aus dem hinteren Teil des Büros. Beide Deputys standen sofort gerade und wenn Callan es nicht besser gewusst hätte, hätte er geschworen, dass sie sich bereit machten, zu salutieren, als der ältere Mann den Raum betrat.

„Sheriff Granger, ich hab' Sie gar nicht hereinkommen gehört", murmelte Rollins.

Der Sheriff sah aus, als wäre er etwa Ende vierzig und bewegte sich mit der Leichtigkeit und Zuversicht, die vielen Jahren, in denen er sich Respekt verdient hatte, entsprang. „Das glaube ich sofort", kommentierte der Sheriff, offenbar nicht überrascht, dass seine Stellvertreter sich ihrer Umgebung so gar nicht bewusst waren.

„Mr. Tellar wurde befohlen, zu einem unangekündigten Drogentest im Rahmen seiner Bewährungsauflagen zu erscheinen, aber er weigerte sich", verkündete Rollins und deutete auf Rhys.

„Das ist nicht das, was ich gehört habe, Rollins", sagte der Sheriff. „Ich glaube, die beiden haben darum gebeten, dass der Test von medizinischem Fachpersonal durchgeführt wird."

„Das entspricht aber nicht den Vorschriften", murmelte der jüngere Deputy, aber dann klappte er den Mund zu, als Granger seine kalten Augen auf ihn richtete.

„Wenn einer von euch sich die Mühe gemacht hätte, die verdammten Vorschriften zu lesen, würdet ihr wissen, dass Mr. Tellars Wunsch angemessen ist." Beide Männer erstarrten bei dem giftigen Tonfall ihres Vorgesetzten. Der Sheriff wandte sich an Rhys und Callan.

„Mr. Tellar, Mr. Bale, ich bin Sheriff Bill Granger." Sie schüttelten beide die Hand des Mannes. „Ich entschuldige mich für meine Stellvertreter hier." Granger verzog das Gesicht, als er die beiden Deputys mit einem weiteren harten Blick bedachte. „Ich wurde erst vor ein paar Wochen ins Amt gewählt und habe die ... Hinterlassenschaften des vorherigen Sheriffs geerbt." Die Deputys zuckten bei dem unfreundlichen Begriff zusammen, blieben aber stumm. „Rollins, Hargrove, bewegt eure Ärsche auf Patrouille, und zwar jetzt!"

Beide Deputys starrten Callan und Rhys wütend an, dann eilten sie zum Hintereingang hinaus.

„Mr. Bale, wenn ich es recht verstehe, hatten Sie in den letzten paar Jahren einige Probleme mit Vandalismus auf Ihrem Grundstück. Warum unterhalten wir uns nicht auf dem Weg zu Dr. Meyers Praxis darüber?"

Callan schüttelte die Hand des Sheriffs und beobachtete ihn dann, wie er zurück in Richtung der Polizeistation ging. Der Mann hatte nicht viel gesagt, außer viele Fragen über die Vorfälle zu stellen, die

die Ranch in den letzten zwei Jahren geplagt hatten, aber Callan betrachtete es als einen kleinen Sieg, dass der neue Sheriff ihn zumindest angehört hatte.

Wut und Frustration tobten in seinem Bauch, als er beobachtete, wie Rhys einige Papiere unterschrieb und dann zu ihm kam. Der Mann weigerte sich, seine schlechte Laune abzulegen, und es machte Callan stinksauer. Sie verließen die Praxis und begannen, den Gehweg entlang zu der Stelle zu gehen, wo der Lastwagen geparkt war. Rhys ging einen Schritt hinter ihm und seine Schultern waren nach unten gesackt, die Augen niedergeschlagen. Es war, als hätte ihn jeglicher Kampfgeist verlassen.

Und Callan hatte verdammt nochmal genug davon.

„Verdammter Hurensohn", sagte er, dann packte er Rhys am Kragen seines Hemdes und knallte ihn mit dem Rücken gegen die Backsteinmauer zwischen der Praxis und dem Friseursalon nebenan. Er ignorierte die Frauen, die gerade aus dem Salon kamen, und bedeckte Rhys' Mund mit seinem. Ein Keuchen ertönte hinter ihm, aber er interessierte sich mehr für den Mann, der sich in seinem Griff wand.

„Callan-", begann Rhys zu sagen, aber Callan nutzte den Vorteil und schob seine Zunge über die Lippen des anderen Mannes. Rhys versuchte ein paar Sekunden lang, ihn weg zu schubsen, bevor er sich schließlich ergab und in Callans Griff entspannte, während er den Mund weiter öffnete. Callan saugte Rhys' Zunge in seinen Mund und stöhnte, als Rhys ihn liebevoll erkundete.

„Oh mein Gott", hörte er hinter ihnen und Callan gab Rhys endlich frei und bereitete sich auf den nächsten Kampf vor. Zwei Frauen mit frisch gemachten Haaren und offenstehenden Mündern beobachteten sie. Eine davon war Mrs. Greene.

„Ihr Jungs wisst jedenfalls, wie man eine gute Show bietet", sagte Mrs. Greene mit einem verschmitzten Lächeln. „Evelyn, mach den Mund zu, meine Liebe", sagte sie zu ihrer Begleiterin. „Du siehst ja aus wie ein Fisch." Callan fühlte, wie Rhys sich hinter ihm bewegte.

„Ich glaube, wir sind einander noch nicht vorgestellt worden", sagte sie und streckte ihre Hand an Callan vorbei nach Rhys aus.

„Rhys Tellar", brachte Rhys hervor, obwohl er von dem Kuss noch immer außer Atem war.

„Harriet Greene", sagte Mrs. Greene. „Das ist Evelyn Turner."

Callan zuckte zusammen, als er die andere Frau als eine Freundin von Dolly erkannte. Nur gut, dass er seiner Tante gesagt hatte, was Sache war, bevor sie es von jemand anderem gehört hätte. Nicht, dass es darauf ankam, da einige andere Leute Zeuge seiner Demonstration der Rebellion geworden waren. Einige sahen verblüfft aus, einige neugierig. Aber das machte nichts – er hatte gerade erst begonnen.

„Würden Sie uns entschuldigen, Mrs. Greene? Rhys und ich haben einige Besorgungen zu machen."

„Natürlich, mein Lieber", sagte sie mit einem wissenden Lächeln.

Callan packte Rhys' Hand und zog ihn den Gehsteig entlang.

„Was zum Teufel soll das, Callan?", sagte Rhys mit leiser Stimme und versuchte, seine Hand loszureißen. Callan kam abrupt zum Stehen.

„Du hast mir gesagt, ich solle für das kämpfen, was ich will, also tue ich das jetzt. Wirst du mit mir kommen oder weiterhin so tun, als würde das, was wir haben, nichts bedeuten?" Callan fühlte Rhys' Hand in seiner zucken und dann erwachte der Funke, der Rhys ausmachte, in seinen Augen wieder zum Leben.

„Zeig' mir den Weg", sagte Rhys einfach.

Kapitel Vierzehn

Rhys wagte kein Wort zu sagen, als Callan den Truck über den Highway zurück in Richtung der Ranch jagte. Er war sich nicht sicher, was ein Feuer unter dem Hintern des Mannes entzündet hatte, aber zuzusehen, wie Callan sich seinen Weg durch die Stadt gebahnt hatte, war fast so toll gewesen wie an diesem Morgen um den Verstand gefickt zu werden. Es hatte mit den beiden uniformierten Armleuchtern in der Polizeistation begonnen. Sie hatten es genossen, zu wissen, dass sie Rhys vollkommen in der Hand hatten, und er hätte absolut nichts dagegen tun können.

Er hatte zunächst gar nicht verstanden, dass die Männer sich mit ihrem Wissen über den zerstörten Zaun verraten hatten, aber er war froh, dass Callan es bemerkt hatte, denn seine Chancen, mit einem Drogentest aus dieser Polizeistation rauszukommen, der nicht manipuliert worden war, waren praktisch null gewesen. Diese sogenannten Gesetzeshüter hatten nur nach einem Vorwand gesucht, ihn hinter Gitter zu bringen, und es schüttelte ihn bei dem Gedanken, wie nahe sie ihrem Ziel gekommen waren.

Nachdem er ihn vor Gott und der Welt um den Verstand geküsst hatte, war Callan losgezogen um ihn zu jedem Geschäft zu schleppen, das Finn abgewiesen und versuchte hatte, Callans Unternehmen Steine in den Weg zu legen. Er hatte die ganze Zeit über Rhys' Hand gehalten und ihn sogar bei mehr als einer Gelegenheit geküsst, wenn er meinte, die Leute könnten eine Veranschaulichung benötigen, dass Callan wirklich out and proud war, ein Regenbogenflagge-schwenkender Homo, der es geschafft hatte, ihre Reihen über Jahre hinweg zu infiltrieren. Und dank Callan hatte Rhys es endlich geschafft, den Cowboy-Hut zu bekommen, den er hatte haben wollen, da der Angestellte im Futtermittel-Laden zu schockiert war von dem Anblick zweier Männer, die sich vor seinen Augen küssten, um den Verkauf abzulehnen.

Rhys konnte sehen, dass Callan noch immer von etwas getrieben wurde, und er ahnte, was es war. Aber er war sich erst sicher, als Callan den Truck in die kurze, mit Kies bedeckte Einfahrt von Danes Grundstück lenkte, und Hoffnung entbrannte in ihm. Callan trat vor der zur Hälfte abgerissenen Scheune auf die Bremse und zwei Männer ohne Hemd sahen von ihrer Arbeit auf. Rhys hatte nur Augen für Finn, als er aus dem Wagen stieg und sich gegen die Tür lehnte, um das Spektakel mitanzusehen. Dane schien zu wissen, dass etwas los war, und trat von Finn weg.

„Cal?", fragte Finn, als Callan sich ihm näherte. Seine Augen schossen voller Verwirrung zu Rhys, aber bevor er etwas sagen konnte, war Callan bei ihm und küsste ihn wie wild. Rhys wusste, dass Callan zu küssen, wenn der wütend war, ungefähr so war, wie eine Stromleitung zu küssen, also überraschte es ihn nicht, dass Finn den Hammer fallen ließ, den er in der Hand gehalten hatte, und seine Arme um Callan schlang. Lust entflammte in Rhys bei dem Anblick und er hoffte auf ein weiteres Wunder an diesem Tag.

Callan ließ Finn los und trat zurück. „Ich habe alles falsch gemacht, Finn. Vom ersten Tag an. Ich dachte, es wäre der einzige Weg, mit dir zusammen zu sein und deiner noch würdig zu sein. Aber jetzt erkenne ich, dass ich das nie war." Rhys versteifte sich, als Callan auf ihn deutete. „Aber er ist es. Er hat an deiner Seite gekämpft, von dem Tag an, als er in unser Leben kam, Finn. Wirf ihm nicht vor, was ich getan habe. Bestraf ihn nicht dafür, dass ich schwach war."

Callan packte Finn im Nacken. „Ich habe es satt, vor dir zu stehen anstatt neben dir, und ich bin es leid, mich hinter Versprechen zu verstecken, die ich nicht halten kann. Ich habe dein Vertrauen missbraucht, aber wenn du mich lässt, werde ich den Rest meines Lebens damit verbringen, es wiedergutzumachen. Ich liebe dich und ich will, dass du wieder nach Hause kommst, wo du hingehörst. Aber ich liebe ihn auch", sagte Callan mit Blick auf Rhys und Rhys fühlte, wie sein ganzer Körper bei den Worten taub wurde. „Ich werde nicht zwischen euch beiden wählen, wenn du also nach Hause kommst, wirst du zu uns beiden nach Hause kommen."

Rhys sah, wie Callan Finn wieder küsste, zärtlich und langsam und innig diesmal, und er verstand, dass Callan dachte, es könnte das letzte Mal sein. Callan löste seine Hände von Finn, drehte sich auf dem Absatz um und wandte sich zurück zu dem Wagen. Er ging aber nicht auf die Fahrerseite. Er blieb vor Rhys stehen und packte ihn auf die gleiche Art wie zuvor Finn. „Ich liebe dich, Rhys, aber du musst entscheiden, ob du zu deinem Zuhause in Chicago zurückkehren möchtest oder ob du bereits zu Hause bist." Callan küsste ihn auf die gleiche andächtige Weise wie er Finn geküsst hatte, dann ließ er ihn los.

Rhys packte ihn am Arm, bevor er weggehen konnte. „Lass uns nach Hause fahren, Callan", sagte er einfach und Callans Augen wurden weich, als er nickte. „Ich liebe dich", sagte Rhys und gab Callan einen schnellen Kuss. Als Callan um den Truck herum auf die Fahrerseite ging, wandte Rhys sich zu Finn um, der wie zur Salzsäule erstarrt an exakt der gleichen Stelle stand, an der Callan ihn zurückgelassen hatte. Es war zu schwer, etwas zu sagen, und Rhys wusste, wenn er Finn jetzt berührte, würde er vielleicht nicht in der Lage sein, ihn wieder loszulassen, also stieg er neben Callan in den Truck und zwang sich, seine Augen nach vorn zu richten, während Callan den Truck wendete und nach Hause fuhr.

Drei verfickte Tage. Drei Tage und nicht ein Wort von Finn.

„Rhys, mach es woanders", sagte Callan aus dem Inneren des Roundpens. Das weiße Pferd, das der Tierschutzverein vor ein paar Tagen gebracht hatte, stand gegen den Holzzaun gedrückt da und versuchte, so weit von Callan weg zu kommen, wie es konnte. Eine Vielzahl von Narben durchzog das Fell des Tieres.

„Was soll ich woanders machen?", murmelte Rhys von seinem Platz an der Außenseite des Zauns lehnend.

„Ausflippen. Er kann deine Anspannung spüren", sagte Callan leise und wartete weiter geduldig auf das Pferd.

Callan hatte natürlich recht, aber er wusste, dass der andere Mann nicht so gelassen war, wie er zu sein schien. Da war eine Niedergeschlagenheit in Callan, die vorher nicht da gewesen war, und die Art, wie er jede Nacht Liebe machte, war nahezu hektisch. Rhys kannte den Grund dafür. Callan erwartete, dass auch er weggehen würde – diesen Anruf bei Frank machen und ihm sagen, er brauchte einen neuen Job. Aber in dem Augenblick, als Callan ihm gesagt hatte, dass er ihn liebte, hatte sich für Rhys alles verändert. Er hatte noch ein paar Freunde bei der Polizei, also war sein Plan, weiterhin darauf zu drängen, dass die Wahrheit über Tom ans Licht kam, aber er war nicht bereit, ein Leben mit Callan wegzuwerfen, um seine Gier nach Rache zu befriedigen. Eines Tages würde Tom die falsche Person hintergehen und nicht mehr davonkommen.

„Rhys?"

Rhys erkannte, dass er in Gedanken versunken war, bevor er Callan geantwortet hatte, und jetzt betrachtete der andere Mann ihn mit Besorgnis. Sein Magen machte einen kleinen Hüpfer, aber er winkte ab und sagte: „Ich bin okay. Ich werde beginnen, die Pferde reinzuholen." Callan betrachtete ihn noch einen Moment lang, dann nickte er und richtete seine Aufmerksamkeit wieder auf das Pferd.

Zwanzig Minuten später half Rhys Callan dabei, das Pferd in seine Box zu bringen. Da das Tier es hasste, berührt zu werden, hatte

Callan einen Zaun vom Stall zum Roundpen gesetzt um dem Pferd die Möglichkeit zu geben, den Weg selbst zu gehen. Der Zaun hielt das Tier davon ab, wegzulaufen, bedeutete aber, dass Callan es nicht weiter traumatisieren musste, indem er es mit dem Seil einfing oder andere brutale Methoden einsetzte, um das Pferd zu kontrollieren.

„Kleine Schritte", sagte Rhys, als Callan die Stalltür zuschob und beobachtete, wie das Tier aufgeregt hin und her ging.

„Jemand hat ihn wirklich schlimm behandelt", sagte Callan traurig. Bevor Rhys etwas sagen oder das tun konnte, was er wirklich tun wollte, nämlich Callan um den Verstand zu küssen, näherte sich ein Auto und sie eilten beide aufgeregt zur Stalltür.

„Scheiße", sagte Rhys leise, als er Wendys kleine Limousine erkannte und Enttäuschung ihn erfüllte.

Callan packte ihn an der Schulter. „Es ist viel von ihm verlangt, Rhys. Vielleicht zu viel", seufzte er. „Aber du könntest es noch versuchen ... vielleicht könntet ihr beide-"

„Wenn du diesen Satz beendest, schwöre ich, dass ich dir die Scheiße aus dem Leib prügeln werde!" Rhys knurrte fast, als er Callan im Genick packte. „Er wird nach Hause kommen", flüsterte Rhys, dann hauchte er einen Kuss auf Callans Mund. „Und wir werden einen Weg finden, damit es funktioniert." Callan ergriff sein Handgelenk und nickte, bevor er den Kuss erwiderte.

„Ähm, Mr. Bale?", sagte Wendy mit einem Hüsteln.

Rhys unterdrückte ein Lachen, als er erkannte, dass er und Callan Wendys Ankunft völlig vergessen hatten. Sie drehten sich beide um und sahen, wie sie nervös hinter ihnen herumzappelte, ihre Wangen gerötet.

„Tut mir leid, Wendy", setzte Rhys an, aber Wendy unterbrach ihn.

„Willst du mich veräppeln? Das war sowas von heiß!" Sobald die Worte aus ihrem Mund waren, schlug sie die Hand davor, als sie erkannte, was sie gesagt hatte. „Oh mein Gott", stammelte sie und Callan und Rhys lachten beide, als sie ihre Augen vor Verlegenheit schloss. „Ich habe ein paar Karotten für King mitgebracht", stieß sie hervor und hielt die Karotten hoch, wie um zu beweisen, warum sie da war.

„Er ist in seiner Box", sagte Callan mit einem leisen Lachen, als Wendy an ihm vorbeiflitzte. „Wir sind im Haus, falls du etwas brauchst", rief er über seine Schulter.

„Okay", kam die Antwort.

Rhys ließ Callan seine Hand ergreifen, als sie in das Haus gingen, in das Rhys praktisch eingezogen war. Wenn Finn zurück- kam, würde es in dem kleinen Vorarbeiterhaus recht eng werden, aber Rhys konnte das nur als etwas Gutes betrachten.

„Wie geht es deinem Vater heute?", fragte er Callan.

Callans Hand spannte sich in seiner an. „Unverändert. Hat mich überhaupt nicht erkannt." Rhys wusste, dass es ein schmerzhaftes Thema für Callan war und bedrängte ihn nicht weiter.

„Heute bin ich dran mit Kochen, nicht wahr?", sagte Rhys, dann verstummte er, als sie ein weiteres Auto kommen hörten. Sie waren näher an Callans Haus als am Stall, und wer auch immer das glän- zende, schwarze Luxus-Auto fuhr, schien das zu bemerken, da das Auto am Stall vorbeifuhr und dann in ihrer Nähe anhielt. Beide waren angespannt, aber Callan weigerte sich, seine Hand loszulas- sen, als Rhys vor ihn zu treten versuchte.

Die Tür öffnete sich und ein großer, gut gebauter Mann mit dicken, etwas zu langen, pechschwarzen Haare stieg aus. Wenn das Auto nicht schon verkündete, dass dieser Kerl von außerhalb der Stadt kam, dann taten seine schwarze, enge Hose und das frische weiße Hemd das ganz sicher. Eine schwarze Sonnenbrille verbarg seine Augen, aber das Einzige, was Rhys' volle Aufmerksamkeit hatte, war das Schulterhalfter, das der Mann über seinem Hemd trug, was die beiden schwarzen Glock-Pistolen, die er bei sich führte, leicht erreichbar machte.

„Heißer als in der Hölle hier draußen", murmelte der Mann, als er begann, die Ärmel seines Hemdes aufzurollen und dabei gebräunte, muskulöse Unterarme enthüllte. Die Sonnenbrille wurde ausgezogen und wenn Rhys nicht in Alarmbereitschaft gewesen wäre, hätte er sich die Zeit genommen, zu bewundern, wie gut der Mann aussah.

„Können wir Ihnen helfen?", hörte er Callan sagen. Die Steifheit in seiner Stimme war offensichtlich. Angst erfüllte Rhys, als ihm klar wurde, dass er und Callan keine Möglichkeit hatten, sich zu verteidigen. Die einzige Waffe auf dem Grundstück war das Gewehr, das Callan mitnahm, wenn er die Zäune kontrollierte, und das war in der Sattelkammer im Stall eingeschlossen.

„Ich bin hier, um ein paar Worte mit Mr. Tellar zu reden." Der Ton war lässig, aber die raubtierhafte Haltung des Mannes und seine aufmerksamen Augen machten klar, dass dies kein Mann war, mit dem man sich anlegen oder den man unterschätzen sollte. Rhys riss seine Hand von Callan los und trat von ihm weg. Wenn dieser Kerl es auf ihn abgesehen hatte, würde er todsicher nicht zulassen, dass Callan dabei in die Schusslinie geriet.

Der Mann schien die Bewegung zu bemerken, reagierte aber nicht. Er reagierte auch nicht, als Callan zurück an Rhys' Seite trat und wieder seine Hand ergriff.

„Sie können sich entspannen, Mr. Bale, ich bin nur hier, um mit ihm zu sprechen", sagte der Mann schließlich mit einem Seufzer.

„Dann sprechen Sie", antwortete Callan scharf.

„Mr. Tellar, mein Name ist Jaxon Reid. Ben Reid war mein Bruder."

Callan hörte Rhys einen scharfen Atemzug nehmen und als er sich umdrehte, sah er, dass sein Geliebter bei dem Namen blass geworden war.

„Rhys", sagte Callan und zog an Rhys' Hand, um dessen Aufmerksamkeit zu bekommen. Er musste wissen, ob dieser Fremde eine Bedrohung für sie war, denn jetzt war er gerade völlig ahnungslos. Rhys hatte eindeutig eine gewisse Verbindung zu ihm, aber die Waffen des Mannes, die der trug, als wären sie ein Teil seines

Körpers, beruhigten ihn nicht im Geringsten. Rhys antwortete ihm nicht. Er fuhr einfach fort, den anderen Mann anzustarren, und sagte kein Wort.

„Rhys", sagte Callan scharf und Rhys wandte sich schließlich zu ihm um und sah ihn an.

„Ben Reid war einer der Männer, die zum Schutz meines CI eingesetzt waren", brachte Rhys hervor.

Callan versteifte sich, als er sich an die Geschichte erinnerte, die Rhys vor gerade mal ein paar Tagen mit ihm geteilt hatte. Frank hatte ihm keine Details über Rhys' Vergangenheit erzählt, als er Callan gebeten hatte, ihn einzustellen, und Callan hatte Rhys nicht gedrängt, darüber zu sprechen, bevor er bereit dazu war. Sie hatten neulich nur darüber gesprochen, weil Rhys erwähnt hatte, dass er nach Chicago zurückzukehren wollte, wenn seine Bewährungszeit abgelaufen wäre, damit er versuchen konnte, Fortschritte in dem Fall zu machen, der ihn ins Gefängnis gebracht hatte. Der Fall, der dem Mann vor ihnen seinen Bruder genommen hatte.

„Mr. Reid", setzte Rhys an, verstummte dann aber, unfähig, noch etwas zu sagen.

Mitanzusehen, wie der Mann, den er liebte, so etwas durchmachen musste, machte ihn wütend, also tat Callan, was sein Instinkt ihm von dem Moment an, als das Auto vorgefahren war, gesagt hatte. Er schob Rhys hinter sich und sagte: „Mein aufrichtiges Beileid, Mr. Reid, aber Rhys ist nicht dafür verantwortlich."

„Doch, das bin ich", sagte Rhys leise. „Es ist meine Schuld."

„Rhys", setzte Callan an, aber Rhys legte eine Hand auf seinen Arm und ging dann an ihm vorbei um vor den immer noch ruhigen Jaxon Reid zu treten.

„Ich vertraute jemandem, dem ich nicht hätte vertrauen sollen, und das hat Ihren Bruder sein Leben gekostet. Es tut mir leid. Wenn ich es ändern könnte, würde ich das tun. Ich kannte Ben nicht sehr gut, aber er schien ein wirklich guter Mensch zu sein." Callan hasste es, den Schmerz in Rhys' Stimme zu hören, und er hasste den Mann, der vor ihm stand, noch mehr, weil der Ficker kein Wort gesagt hatte, während er dastand, seine Arme dreist verschränkt, und auf Rhys herabsah, als ob er ein Urteil über ihn fällen wollte.

Callan setzte sich in Bewegung mit der Absicht, diesen Mann tätlich von seinem Land zu entfernen, aber der musste seine Absicht gespürt haben, da er seine Hand hob und sagte: „Ganz ruhig, Mr. Bale. Wie ich schon sagte, ich bin nur hier, um zu reden." Seine Augen waren auf Rhys gerichtet. „Tom Rawlings ist tot", verkündete Jaxon ohne weitere Umschweife mit tonloser Stimme.

Rhys schüttelte ungläubig den Kopf, konnte aber nicht die richtigen Worte finden, um die offensichtliche Frage zu stellen.

„Wie ist es passiert?", fragte Callan für ihn.

„Laut Autopsie-Bericht war es eine selbst zugefügte Schusswunde", sagte Jaxon.

„Bullshit", hörte Rhys sich selbst sagen. „Der Ficker war zu sehr in sich selbst verliebt, um sich das Hirn rauszupusten."

„Ich sagte, das war der Grund laut Autopsie-Bericht", sagte Jaxon mit der leisesten Andeutung eines Lächelns. Ein Schauer durchlief Rhys, als er verstand, was der Mann *nicht* sagte. Guter Gott, stand er gerade vor dem Mann, der getan hatte, wovon Rhys so lange geträumt hatte?

„Waren Sie es?", fragte Rhys ohne Umschweife.

Jaxon musterte ihn lange, dann drehte er sich um und öffnete die Autotür. Er reichte Rhys einen braunen Umschlag. „Geben Sie das Ihrem Anwalt."

„Was ist das?", fragte Rhys, und öffnete den Umschlag, obwohl er keine Antwort mehr brauchte, als er sah, was auf den Blättern stand, die in seine Hand rutschten. Eine CD fiel ebenfalls heraus.

„Rhys?", fragte Callan, als er die Papiere durchsah.

„Geldüberweisungen, Transkripte von Telefonaten, Überwachungsprotokolle", sagte Rhys ehrfurchtsvoll, während er durch die Seiten blätterte. Er hielt inne, als er seinen Namen auf einem der

Transkripte sah. „Sie haben ihn auf Band, wie er zugibt, dass er die Lage des sicheren Haus bei mir ausspioniert hat", flüsterte er und die Wahrheit traf ihn. Würde es wirklich so einfach sein? Er sah zu Jaxon auf. „Woher haben Sie das?"

Der Mann wich wieder seiner Frage aus und sagte: „Der Staatsanwalt, der Sie angeklagt hat, hat bereits damit begonnen, die Vorwürfe gegen Sie zurückzuziehen, aber Sie sollten das hier trotzdem einem Anwalt vorlegen. Ich glaube, Sie können mit einer ziemlich großzügigen Entschädigung von der Stadt Chicago rechnen. Die werden der Öffentlichkeit nicht besonders gerne erklären wollen, warum sie einen unschuldigen Polizisten ins Gefängnis gesteckt haben."

Rhys sah zu Callan auf und lächelte. „Es ist vorbei, Callan. Es ist wirklich vorbei." Ein überwältigendes Gefühl der Erleichterung durchflutete seinen Körper, als Callan ihn in seine Arme zog. Es war ihm scheißegal, dass der andere Mann zusah, wie er Callan leidenschaftlich küsste.

Der Klang von mehreren wiehernden Pferden ließ Callan in seinen Armen steif werden, dann wurde er plötzlich losgelassen, als der Lärm vom Stall lauter wurde. Callan lief bereits in Richtung des Stalls und der Geruch von Rauch stieg Rhys in die Nase. „Oh Gott", sagte er und rannte hinter Callan her.

„Wendy!", hörte er Callan schreien, als er sich dem Stall näherte. Schwarzer Rauch begann zwischen den Lamellen des Holzdachs hervorzuquellen und die Laute der in Panik geratenen Pferde erfüllte die Luft. Rhys' Herz blieb stehen, als Callan in den Stall lief. Er fühlte, dass Jaxon ihm direkt auf den Fersen war, und sie beide erreichten das Gebäude gerade als die Flammen durch die Decke zu schlagen begannen. Der Heuboden.

„Callan", schrie Rhys und versuchte, durch den dicken, schwarzen Rauch zu sehen, der von der Decke nach unten drang.

„Ich habe sie gefunden!", rief Callan und Rhys spürte eine Woge der Erleichterung, als Callan Wendy an ihm vorbei trug. Blut sickerte aus einer Wunde auf ihrer Stirn.

Der Klang von verängstigten Pferde übertönte das Brüllen der Flammen und veranlasste Rhys, in den Stall zu rennen. Er hörte Callan seinen Namen schreien, ignorierte ihn aber und riss die erste Boxentür auf. West flog an ihm vorbei, sobald er die Tür geöffnet hatte und er sah, dass Jaxon es geschafft hatte, Kirby aus der gegenüberliegenden Box zu befreien. Callans Wallach und zwei weitere Pferde rauszulassen nahm nur ein paar Sekunden in Anspruch, aber das Pferd aus dem Tierschutz drückte sich gegen die Rückseite seiner Box und weigerte sich, sich zu rühren. Rhys' Augen brannten, als er das Pferd anschrie, aber es stieg nur und warf seinen Körper gegen die Rückwand der Box, als wollte es sie durchbrechen. Flammen rollten über den Kopf des Tiers hinweg, und er hörte Holz knacken, als die Stützbalken schwächer wurden. Er vermutete, dass er weniger als eine Minute hatte, bevor das Dach herabstürzen würde.

„Rhys! Wir müssen jetzt raus!", rief Jaxon von irgendwo auf der anderen Seite des Stalls. Rhys warf einen Blick auf die Stalltüren, die fast von der schwarzen Rauchwolke verschlungen wurden, die die Scheune in Dunkelheit tauchte. Die Entscheidung war getroffen, Rhys stürzte in die Box und wedelte mit den Armen vor dem riesigen Pferd. Das panische Tier stürzte sich auf ihn, dann rammte es ihn mit seinem riesigen Körper und stürmte an ihm vorbei. Er schlug hart auf dem Boden auf und atmete Rauch ein, dann begann er zu würgen.

„Rhys!"

„Hier!", rief er und starke Arme zerrten ihn hoch. Callan.

Er fühlte, wie er halb getragen, halb geschleift wurde, als ihn ein weiteres Paar Hände packte und Callan und Jaxon ihn aus der Tür zerrten. Der Sauerstoff brannte in seiner Lunge, als er sich mit Rauch vermischte.

„Gott", sagte Callan und klammerte sich an Rhys. „Du verdammter Hurensohn!", knurrte er und drückte Rhys noch fester an sich. Dann wurde seine Stimme weich und die Worte waren so leise, dass Rhys sie kaum über die knisternden Geräusche des Feuers hörte. „Gott, ich dachte, ich hätte dich verloren."

Callan konnte Rhys gar nicht fest genug an sich drücken. Er hatte gesehen, wie ein Pferd nach dem anderen durch die Türen gestürmt war, aber kein Rhys. Jaxon hatte es geschafft, rauszukommen, hatte aber nicht gezögert, wieder mit Callan reinzugehen, als sie erkannt hatten, dass Rhys noch in dem brennenden Gebäude war. Teile des Daches waren um sie herum eingestürzt, und Glut war auf ihre Schultern geprasselt und hatte das Heu entzündet, das im Gang und den Boxen verstreut lag. Sie hatten es geschafft, Rhys auf die Füße zu bekommen, aber die Hintertür stand in Flammen, also hatten sie wieder zurück zum Vordereingang des Stalls gemusst.

„Ich bin okay", hörte er Rhys mit vom Rauch heiserer Stimme gegen seine Brust sagen. „Ist Wendy in Ordnung?", fragte er.

„Callan!", hörte er Jaxon rufen. Der Mann kniete neben Wendy und war gerade dabei, die klaffende Wunde an ihrem Kopf zu untersuchen. „Sie wacht auf."

Callan half Rhys auf die Beine und eilte dann an Wendys Seite. „Wendy, Süße, kannst du mich hören?"

Das Geräusch eines sich nähernden Fahrzeug ließ sie alle aufblicken, als ein schwarzes SUV die Auffahrt herauffraste. Es kam mit quietschenden Bremsen an der Stelle zum Stehen, wo sich die Einfahrt verbreiterte. Dane stieg auf der Fahrerseite aus und eilte um die Vorderseite, eine schwarze Tasche in der Hand. Er lief geradewegs auf Wendy zu.

Finn kletterte auf der Beifahrerseite raus und starrte mit großen Augen auf den Stall, dann entdeckte er sie schließlich und Callan sah, wie Erleichterung ihn durchflutete.

„Finn, kannst du Emma holen?", rief Dane und Callan konnte sehen, dass Finn hin und hergerissen war zwischen der Entscheidung, zu ihnen zu eilen und das Baby zu holen.

„Mit uns ist alles in Ordnung, Finn!", schrie Callan, dann nickte er. Finn zögerte und öffnete dann die hintere Tür des SUV.

„Was ist passiert?", fragte Dane und fiel neben Wendy auf die

Knie. Die junge Frau wachte auf, schien aber zunächst groggy. Plötzlich kämpfte sie gegen Dane an, der ihre Verletzung untersuchte.

„Männer! Zwei Männer waren in der Scheune!", sagte sie hastig. „Ich hörte sie auf dem Heuboden. Ich begann, die Leiter hinaufzusteigen und dann kamen sie nach unten und schlugen mich und ich stürzte-"

„Shhh, es ist okay, Wendy", sagte Callan, kurz bevor ein Schuss die Luft um sie herum durchdrang.

„Finn!" Callan hörte Rhys' Schrei und drehte sich gerade rechtzeitig um, um zu sehen, wie jemand auf den Beifahrersitz von Danes SUV sprang. Finn lag am Boden, seine Brust von Blut verfärbt. Das SUV erwachte brüllend zum Leben und schnellte vorwärts.

„Finn!" Callan schrie auf und begann zu laufen. Sein Herz schlug ihm bis zum Hals, als er realisierte, dass Finn sich nicht bewegte.

„Emma!", rief Dane plötzlich hinter ihm und Callan verstand, dass das Baby noch im Auto war. Er stürzte sich auf den Türgriff, als das SUV bei der Wendung in der Einfahrt an ihm vorbei raste, aber der Schwung riss ihn zu Boden.

„Rhys", hörte er Jaxon ruhig sagen, als der Mann dastand, die beiden Pistolen aus dem Halfter zog und eine davon Rhys reichte. „Die Reifen", sagte er einfach, dann erhob er die Waffe. Dem Fahrer des SUV war es gelungen, das Fahrzeug zu wenden und er beschleunigte, während Jaxon und Rhys zielten und gleichzeitig feuerten. Zwei laute Knaller hallten durch die Luft, als die Hinterreifen platzten. Das Fahrzeug schwankte, blieb aber aufrecht, als es von der Straße abkam und ruckartig auf der Weide zum Stehen kam.

Callan lief zu Finn und ließ sich neben ihn fallen. „Finn", rief er und schüttelte ihn kräftig, dann fühlte er nach seinem Puls.

„Emma!", hörte er Dane wieder rufen und sah, wie Jaxon den Tierarzt zurückriss und ihn anschrie, unten zu bleiben. Rhys lief bereits auf die Beifahrerseite des SUV, wo der Autositz des Babys war. Jaxon näherte sich der Fahrerseite und feuerte dann zwei

Schüsse in das Seitenfenster des Fahrers, wobei er das Glas mit der ersten Kugel zerschmetterte und den Fahrer mit der zweiten traf.

„Gesichert!", rief Jaxon.

„Gesichert!", hörte er Rhys schreien und sah, dass Rhys den Beifahrer aus dem SUV gezerrt und auf den Boden geworfen hatte. Der Mann schrie vor Angst und hielt seine Hände über den Kopf.

Callan sah auf Finn herab und rief nach Dane. Der Tierarzt sah ihn an, dann das SUV, eindeutig hin und hergerissen.

„Ihr geht es gut!", rief Jaxon, nachdem er die hintere Tür geöffnet hatte. „Sie ist in Sicherheit!", sagte er mit Blick auf Dane. Callan sah Dane erleichtert aufatmen, dann kam der Mann auf ihn und Finn zu gerannt.

„Öffne sein Hemd!", befahl er und begann, Finn zu überprüfen. Callan riss sein Hemd auf und erstarrte beim Anblick des Blutes, das seine Brust bedeckte. Rhys sank neben ihm auf den Boden, die Hände nach Finn ausgestreckt.

„Oh Gott", hörte er Rhys flüstern. Rhys' Hand schloss sich fest um seinen Oberarm, als ob er nach einer Antwort suchte, die Callan nicht hatte.

„Die Atmung ist angestrengt, aber gut. Der Puls ist stark", murmelte Dane, während seine Finger über Finn glitten. „Finn, kannst du mich hören?", sagte er und schob das Hemd von Finns Schultern, wobei er eine klaffende Wunde knapp unter seinem Schlüsselbeinknochen freilegte.

„Helft mir, ihn hochzuheben", sagte er zu Callan und Rhys und sie beide beugten Finn vorsichtig nach vorn.

„Ein glatter Durchschuss, das ist gut", sagte Dane, dann legten sie Finn wieder hin.

„Callan!", hörte er seine Tante schreien und sah, wie sie den Weg vom Haupthaus entlangrannte. „Oh du lieber Gott", sagte sie, als sie Finn sah. „Ich habe Hilfe gerufen!"

„Cal?"

Alle richteten ihre Augen nach unten auf Finn, dessen Augen

sich öffneten, dann wieder schlossen, während Schmerz sein Gesicht verzerrte.

„Finn, Baby, öffne die Augen", bat Rhys und seine Finger strichen über Finns Wangen.

„Finn, rede mit uns", flüsterte Callan.

„Nach Hause kommen ... sah Rauch", schaffte er zu sagen, als seine Augen sich endlich wieder öffneten und auf sie richteten. „Emma", sagte er plötzlich und versuchte, sich aufzusetzen.

„Sie ist in Sicherheit", sagte Dane, blickte auf und sah zu Jaxon hinüber, der das Kind vorsichtig an seine Brust gedrückt hielt, während er seine Waffe auf den Mann richtete, der im trockenen Gras kauerte.

„Es tut mir leid, Dane. Ich habe sie nicht gesehen. Ich versuchte, sie zu holen!"

„Es ist okay, Finn. Sie ist okay", sagte Dane und griff in seine Tasche, dann zog er eine Kompresse hervor und drückte sie auf Finns Wunde. „Halt das mal", sagte er zu Callan.

„Tante Dolly, kannst du nach Wendy sehen?", fragte Callan und deutete auf die junge Frau, die am Rande der Einfahrt saß und ihren Kopf in die Hand stützte.

„Natürlich", sagte Dolly und eilte hinüber.

„Wer hat das getan?", fragte Finn mit Blick auf den Stall, der begann, in sich zusammenzustürzen, als die Flammen ihn verzehrten.

„Die Deputys Rollins und Hargove", sagte Rhys wütend. „Rollins ist tot."

Callan fühlte Wut ihn ihm aufsteigen und er wollte tatsächlich aufstehen, bevor Rhys seine Hand ergriff. „Callan, nicht. Es ist vorbei." Rhys hatte recht, aber das Bedürfnis, seine Hände um den dürren Hals des Deputys zu legen und das Leben aus ihm herauszuquetschen ließ ihn zittern. Callan fühlte Finn nach seiner Hand greifen und sofort richtete er seine ganze Aufmerksamkeit auf den jüngeren Mann.

„Cal, ich komme zurück nach Hause, aber nur unter einer Bedingung", sagte Finn leise. Die Worte „nach Hause" ließen all die Wut, die er fühlte, verrauchen und ersetzten sie durch Hoffnung.

„Alles, was du willst", sagte er und beugte sich nach unten, damit er Finn besser hören konnte.

„Wir müssen ein größeres Bett kaufen. Ihr Jungs braucht verdammt viel Platz."

Kapitel Fünfzehn

Callan starrte still auf die verkohlten Ruinen, als leise Schritte hinter ihm ertönten. Er drehte sich um und sah seine Tante näherkommen. Sie blieb neben ihm stehen und legte einen Arm um seine Taille.

„Du kannst ihn wieder aufbauen, Liebling", sagte sie sanft, als er seinen Arm um ihre Schultern legte.

„Ich kann nicht mehr", entgegnete er leise. „Sie werden uns immer wieder Probleme machen."

Seine Tante klopfte leicht auf seinen Rücken. „Diese Stadt hat eine lange Zeit geschlafen, Callan. Die Leute hier fangen gerade erst an, wach zu werden. Gib ihnen eine Chance, ihre Augen ganz aufzumachen, bevor du große Entscheidungen triffst."

Callan war sich da nicht so sicher. Er war sich nur sicher, dass er die Männer, die er liebte, nicht wieder in Gefahr bringen würde. Seine Augen wanderten hinüber zu Rhys, der gerade dabei war, Finns Sachen aus seinem Haus in Callans – na ja, jetzt *ihr* – Haus zu bringen. Er hatte das King-Size-Bett, das er Finn versprochen hatte, an diesem Morgen bestellt, obwohl er nicht sicher war, wie zum

Teufel sie es in ihrem Zimmer unterbringen sollten. *Ihr Zimmer* - Gott, das hörte sich gut an.

„Was würdest du davon halten, woanders hinzuziehen?", fragte er Dolly und drehte sich zu ihr um. „Wir könnten vielleicht gerade genug für die Ranch bekommen, um neu anzufangen."

„Sofern dieser Neuanfang nicht in Boca Raton stattfinden soll, nein, danke", sagte sie mit einem verschmitzten Lächeln und überreichte ihm einen Stapel Papiere, die er bisher gar nicht bemerkt hatte.

„Was ist das?", fragte er, während er die Seiten überflog.

„Es ist eine Vollmacht, die mir das Recht gibt, alle Entscheidungen bezüglich der Pflege und Finanzen deines Vaters zu treffen. Ich möchte, dass du sie unterzeichnest", sagte sie und zückte einen Stift.

„Ich verstehe das nicht", sagte er, völlig verblüfft.

„Es ist Zeit für dich, ihn gehen zu lassen, Callan. Er braucht mehr als du oder ich ihm geben können."

Callan zuckte zusammen, als er verstand, was sie sagte. „Du willst ihn in ein Heim stecken?"

„Es ist ein Ort, an dem Menschen wie ihm geholfen wird, so unabhängig wie möglich zu leben", entgegnete sie. „Ich werde in der Nähe sein, Callan. Ich werde jeden Tag nach ihm sehen."

„Wo?", fragte er.

„Ich habe es dir schon gesagt. Boca."

„Florida?" Er konnte es nicht glauben. „Du willst nach Florida ziehen?"

„Erinnerst du sich an die Schwester von deinem Onkel Stan, Regina?" Das tat er, aber nur vage. Die Familie von Dollys Ehemann hatte in Kalifornien gelebt und er hatte sie nur ein paar Mal getroffen, bevor Stan verstorben und Dolly nach Montana gezogen war, um für seinen Vater zu sorgen.

„Sie hat ihren Mann vor ein paar Monaten verloren und mich gebeten, für eine Weile bei ihr zu bleiben. Der Ort, an dem dein

Vater leben würde, ist nur fünf Minuten entfernt und Reginas Tochter leitet ihn."

„Tante Dolly, ich kann mehr mithelfen", begann er.

Dolly hob die Hände und umfasste sein Gesicht. „Hör mir zu, Callan Bale. Das hat nichts damit zu tun, und das weißt du auch. Du bist ein guter Mann und du hast deine Mama stolz gemacht, indem du so gut auf deinen Vater aufgepasst hast. Carter hätte sich keinen besseren Sohn wünschen können, wenn er vor Gott selbst gestanden hätte."

Callan fühlte Tränen in seinen Augen brennen. „Ich will dich nicht auch verlieren", gab er zu.

„Oh, mein Junge", rief sie, als sie ihn umarmte. „Das wirst du nicht." Sie lehnte sich von ihm zurück und sagte: „Bau dir ein Leben mit deinen Männern auf", als sie einen Blick zum Haus hinüber warf. „Sei es hier oder woanders. Solange ihr zusammen seid, wirst du immer ein Zuhause haben." Callan drückte sie, bis sie quietschte, dann hielt sie ihm erwartungsvoll den Stift hin. Seine Hand zitterte, als er unterzeichnete, aber in seinem Herzen wusste er, dass es das Richtige war.

„Jetzt gib mir einen Dollar", sagte sie, nachdem sie den Stift und das Papier zurückgenommen hatte, dann streckte sie die Hand aus.

Da er bei Diskussionen mit Dolly selten als Sieger hervorging, fischte er einen Dollar aus seiner Brieftasche und reichte ihn ihr. „Herzlichen Glückwunsch, du hast gerade eine Ranch gekauft", sagte sie. „Ich habe ein paar Kekse oben im Haus, die noch abkühlen. Finns Lieblingssorte", rief sie über ihre Schulter und winkte Rhys auf dem Weg an ihrem Haus vorbei zu, dann machte sie sich auf den Weg zurück zum Haupthaus.

Er blickte auf den ausgebrannten Stall zurück, dann ging er zum Haus. Seine Familie musste einige Entscheidungen treffen.

„Vorsicht damit."

Rhys warf Finn einen düsteren Blick zu, der bequem in der Veranda-Schaukel saß, während Rhys Finns riesigen Fernseher ins Haus schleppte. Er ließ das Ding auf dem Küchentisch stehen, dann nahm er ein paar Flaschen Wasser aus dem Kühlschrank und ging wieder nach draußen, um sich neben Finn zu setzen.

„Warum brauchst du das verdammte Ding?", murmelte er, als er Finn eine der Flaschen gab und einen großen Schluck aus seiner eigenen nahm. „Callan hat schon einen Fernseher, der sogar in diesem Jahrzehnt gebaut wurde."

„Ich dachte, es wäre schön, einen Fernseher im Schlafzimmer zu haben", sagte Finn mit einem Achselzucken und verzog dann das Gesicht, als er den Arm bewegte, der noch in einer Schlinge war.

Rhys beugte sich nach unten und ließ seine Lippen über Finns schweben. „Baby, ich kann dir garantieren, dass du nie Zeit haben wirst, fernzusehen, während du im Bett bist." Er bedeckte Finns Mund mit seinem und stöhnte, als Finn ihn sofort einließ. Es war zu verdammt lange her. Vor weniger als vierundzwanzig Stunden hätte er das alles fast verloren.

Finn stöhnte und Rhys spürte einen Arm um seinen Hals. Aber dann grunzte Finn vor Schmerz und Rhys zog sich zurück. Er ließ seine Stirn gegen Finns sinken. „Ich nehme an, dass du vielleicht zumindest für eine Weile im Bett fernsehen kannst. Zumindest solange du die da hast", sagte er und sah auf die Schlinge.

„Oder ich könnte stattdessen dir und Cal zusehen", schlug Finn vor.

Rhys' Körper reagierte sofort auf den Kommentar des anderen Mannes und eine ganze Diashow von Bildern erschien in seinem Kopf. Der Klang von Stiefeln auf der Verandatreppe war eine willkommene Ablenkung. Er lehnte sich gegen die Schaukel und legte seinen Arm um Finns Schultern, vorsichtig darauf bedacht, nicht seine Verletzung zu berühren.

„Bist du in Ordnung?", fragte er Callan, als der andere Mann sich ihnen gegenüber an das Verandageländer lehnte. Rhys reichte ihm Wasser. Die vierundzwanzig Stunden seit dem Feuer und der Schießerei waren lang gewesen. Rhys hatte viele davon mit Finn im Krankenhaus verbracht, der zur Beobachtung dort gewesen war, zusammen mit Wendy, die sich eine Gehirnerschütterung zugezogen hatte, während Callan auf der Ranch geblieben war, um die Pferde einzufangen, die über das ganze Grundstück verstreut gewesen waren.

Sheriff Granger war innerhalb weniger Stunden gekommen um Rhys über Rollins und Hargrove zu befragen, die, wie es sich herausstellte, nach dem Vorfall mit seinem Drogentest auf der Polizeiwache gefeuert worden waren. Rhys hatte Mitleid mit dem Sheriff, der eindeutig von Schuldgefühlen geplagt wurde, weil die Männer es deswegen auf sie abgesehen hatten. Hargrove hatte zugegeben, dass er und Rollins diejenigen gewesen waren, die die Zäune zerstört und sogar die Wasserversorgung vergiftet hatten, was so viele Tiere aus Callans Herde getötet hatte. Obwohl Rollins auf Finn geschossen hatte, würde nur Hargrove auf absehbare Zeit hinter Gittern verschwinden, dafür hatte die Kugel, die Jaxon Rollins in den Kopf gejagt hatte, gesorgt.

„Dolly wird mit meinem Vater nach Florida ziehen. Sie hat ein Heim gefunden, in dem man sich um ihn kümmern kann und sie wird bei ihrer Schwägerin wohnen. Die Ranch gehört uns", sagte er.

Finn stand auf und legte seine Arme um Callan. „Es tut mir leid, Cal. Ich weiß, wie viel Dolly dir bedeutet." Callan hielt Finn an sich gedrückt und ließ sein Kinn auf den Kopf des Mannes sinken.

„Wir müssen eine Entscheidung darüber treffen, was wir mit der Ranch machen", sagte Callan. „Wir werden uns nicht verstecken, aber ich möchte auch nicht, dass wir ständig über unsere Schulter schauen müssen."

Rhys blieb genauso stumm wie Finn.

„Wir könnten weggehen", sagte Callan. „Irgendwohin, wo die Menschen sich einen Dreck darum scheren, was wir füreinander sind."

„Gibt es einen solchen Ort?", fragte Rhys.

Callan streichelte schweigend mit seiner Hand über Finns

Rücken auf und ab. Rhys wollte darüber lachen, wie sehr die Lage sich verändert hatte seit dem Tag, als er auf der Ranch angekommen war. Er hatte alles an dem Ort gehasst, sobald er einen Fuß auf das Grundstück gesetzt hatte, aber jetzt konnte er sich ein Leben anderswo nicht mehr vorstellen. Er blickte auf, um sich zu vergewissern, dass er Callans Aufmerksamkeit hatte. „Callan, wir werden dir überall hin folgen, aber das hier ist dein Zuhause."

Callan schüttelte den Kopf. „Das ist nur eine Ranch. Mein Zuhause ist bei euch."

Finn schloss seine Augen, als Cals Finger weiter über seinen Rücken auf und ab strichen. Die Schmerztabletten, die der Arzt ihm verschrieben hatte, linderten das Gröbste, aber sie waren nichts im Vergleich zu dem, was Rhys und Cal ihn fühlen ließen. War es wirklich erst drei Tage her, seit Cal auf Danes Anwesen gekommen war, ihn leidenschaftlich geküsst und ihm dann gesagt hatte, dass er ihn und auch Rhys liebte? Ein Teil von ihm hatte dem Truck nachlaufen wollten, als er an diesem Tag davongerast war, aber er war noch nicht über Cals Betrug hinweg gewesen und hatte die nächsten drei Tage damit verbracht, sich mit der Frage zu foltern, ob er zu den Männern zurückkehren sollte und warum er so verdammt lange damit wartete, es zu tun.

Dane hatte sich leise im Hintergrund gehalten, während Finn hin und her überlegt hatte, aber in dem Moment, als er gesagt hatte, er sei bereit, nach Hause zu gehen, hatte Dane Emma innerhalb von Minuten eingepackt und sie waren auf dem Weg gewesen. Es war Dane, der die Rauchwolke als Erster bemerkt hatte, und als sie schließlich den Stall erreicht hatten, war eine Wand aus orangenen Flammen hoch in den Himmel geschossen. Die Angst, die ihn ergriffen hatte, weil er nicht wusste, welches Schicksal seine Männer ereilt hatte, war von dem unbestreitbaren Bedauern verstärkt worden, dass er zu lange gewartet hatte. Rhys und Cal lebend und unversehrt zu sehen, hatte ihm den Atem geraubt und er hatte tatsächlich mit Danes Aufforderung, Emma aus dem Auto zu holen, gehadert, so stark war sein Verlangen, bei seinen Männern zu sein. Danach hatte es einen lauten Knall und sengende Schmerzen gegeben, und er wurde nach hinten in den Dreck geschleudert. Dann war alles dunkel geworden.

„Bist du in Ordnung?", fragte Cal ihn und Finn wusste, dass der andere Mann das Zittern gefühlt haben musste, das ihn durchlaufen hatte. Er nickte. „Was denkst du, was wir tun sollten?", fragte Cal ihn.

Finn genoss es, Cal „wir" sagen zu hören. Er seufzte und zog sich von Cal zurück, dann küsste er ihn. „Ich liebe dich", sagte er. Cal lächelte und ein friedlicher Ausdruck zeigte sich auf seinem Gesicht, den Finn zuletzt in der Nacht gesehen hatte, in der sie drei sich zum ersten Mal geliebt hatten. „Rhys?", sagte er, als er seinen Kopf gegen Cals Brust sinken ließ, da sein Körper sich plötzlich müde fühlte, da die Schmerzmittel begannen, ihre Wirkung zu entfalten.

„Ja, Baby?", sagte Rhys und schmiegte seinen großen Körper an Finns Rücken, so dass er ihn in Wärme hüllte.

„Ich liebe dich."

„Ich weiß. Ich liebe dich auch." Lippen strichen über seine Schläfe und ein Paar Hände landete auf seiner Taille. „Warum gehst du dich nicht ein bisschen hinlegen?", murmelte Rhys in sein Ohr.

Finn wollte gerade ja sagen, als seine Augen etwas am Horizont entdeckten. Ein Fahrzeug nach dem anderen kam die Zufahrt herauf. Finn lächelte, als er erkannte, was er da sah. „Ich kann nicht. Wir haben Gäste", sagte er leise.

„Was zum Teufel?", hörte er Rhys hinter ihm sagen. Cal drehte sich, um über seine Schulter zu schauen, ließ Finn aber nicht los, da es ihn offensichtlich nicht kümmerte, wer sie eng miteinander umschlungen sah.

Mehrere mit Holz beladene LKW hielten vor dem verbrannten Holzhaufen, wo der Stall sich befunden hatte. Finn sah Wendy aus ihrer kleinen Limousine steigen, zusammen mit mehreren anderen

Menschen, und sie winkte ihm zu. Sheriff Grangers Polizeiauto hielt an und der Mann, in Alltagskleidung gekleidet, stieg aus und begann, die Leute einzuweisen. Mrs. Greene erschien und begann mit dem Sheriff zu diskutieren.

Eine schwarze Limousine folgte am Ende der Karawane und Finn sah Dane aussteigen und Emma vom Rücksitz nehmen. Er erkannte den Mann bei Dane als Jaxon Reid und angesichts der hitzigen Blicke, die zwischen den beiden Männern gewechselt wurden, fragte Finn sich, was da mit seinem neuen Freund und dem mysteriösen Mann, der Rhys seine Freiheit zurückgegeben hatte, los war.

„Es ist eine Stallbau-Party", sagte Cal ungläubig.

„Eine was?", fragte Rhys.

Finn zog sich von Cal zurück und lächelte, als er sah, wie die Menschenmenge begann, Trümmer in einen riesigen Anhänger zu werfen, der an einem Pick-up Truck hing. „Sie bauen unseren Stall wieder auf", sagte Finn. Er sah zu Cal und Rhys auf, die bei dem Anblick beide in verblüfftes Schweigen gehüllt dastanden. Er trat an ihnen vorbei und sagte: „Kommt, lasst uns unsere Nachbarn begrüßen gehen."

Cal und Rhys holten ihn ein, als er den Fuß der Verandatreppe erreichte, und er lächelte, als Cals Finger seine umschlangen und Rhys vorsichtig einen Arm um seine Schultern legte. Es fühlte sich gut an, endlich ein Zuhause gefunden zu haben.

Über den Autor

Liebe Leser,

Ich hoffe, die Geschichte von Callan, Rhys und Finn hat euch gefallen.

Als unabhängige Autorin bin ich stets dankbar für Feedback, deshalb hinterlasst bitte eine Bewertung, wenn ihr Zeit und Lust habt, egal ob gut oder schlecht, damit ich weiterhin herausfinden kann, was meine Leser mögen und was nicht. Ihr könnt mir auch per E-Mail eure Meinung mitteilen: sloane@sloanekennedy.com

Schließt euch meiner Facebook Fan Gruppe an: Sloane's Secret Sinners. https://www.facebook.com/groups/1760064160913779

www.sloanekennedy.com

www.ingramcontent.com/pod-product-compliance
Lightning Source LLC
Chambersburg PA
CBHW071420150726
48000CB00001B/424